U0694185

皇帝的鼻烟盒

The EMPEROR'S SNUFF-BOX

[美] 约翰·迪克森·卡尔————著

Carl John Dickson

王小牛————译

外语教学与研究出版社
北京

目　录

第 1 章

伊芙·尼尔提出要离婚，奈德·阿特伍德在法庭上并未抗辩，两人的离婚手续顺利办完了。奈德的罪状是和著名的网球女选手有染，不过这件事并没有像伊芙预想的那样，引起轩然大波。

有两个因素导致英国公众舆论忽视了这桩离婚案。第一，他们当年是在巴黎乔治五世大街的一座美国教堂里成的婚，巴黎的离婚判决在英国同样合法有效，因此英国媒体的相关报道便只有简短的一两行。第二，伊芙和奈德的定居地点是拉邦德莱特——在和平年代里，这个被称为"缎带"的银色海滩堪称法国最时髦的海滨胜地——和伦敦的联系已经很少；这儿一句闲言，那儿一声嘲笑，随后他们的离婚案似乎就被人遗忘了。

但是对伊芙来说，作为离婚案的原告似乎比作为被告更加难堪。

其实她的这种心态毫无道理，是神经高度紧张的生活留下的后遗症：即便是她这样性格随和的人，时间久了也会接近歇斯底里的边缘。另一方面，她不得不忍受世俗对她相貌的恶毒偏见。

伊芙能想象出那些普通女人对她的评价："我亲爱的，不管哪个女人嫁给奈德·阿特伍德，都应该作好心理准备。"

"你真的这么认为？"另一个女人回应说，"难道都是男方的错？看看她的照片。你只要看看就明白了！"

伊芙现在年满二十八岁。在十九岁的时候，她继承了父亲在兰开夏郡[1]留下的遗产，其中包括几所棉纺织工厂和他对女儿满满的骄傲感。在二十五岁那年，她嫁给了奈德·阿特伍德，成婚的理由包括：第一，他很英俊；第二，她很孤单；第三，他煞有介事地声称如果她拒绝嫁给他，他就会自杀。

如果让一个心地善良、毫无戒心的人来评判，伊芙绝对就是最邪恶的狐狸精。她身材苗条，相貌出众，犹如佩戴着乐百科[2]珠宝的喀耳刻[3]；浅栗色的头发像羊毛一样长而浓密，盘成了爱德华时代的发型。她那粉里透白的皮肤、灰色的眼睛、露出浅笑的嘴唇，都促使人产生戒心。对于法国男人来说，她的这些特点更具有吸引力，甚至连那位判决同意她离婚的法官好像也对她有所戒备。

法国的离婚诉讼案有特殊的流程：在作出判决之前，双方当事人必须见面——面对面地交谈，算是法院尝试调解的最后一次努力。

伊芙永远无法忘记在凡尔赛市一位法官房间里的那一幕，无法忘记奈德·阿特伍德的表现……

---

1. 英格兰西北部的一个郡。本书注释如无特殊说明均为译者注。

2. 法国珠宝店名。

3. 希腊神话中住在艾尤岛的女巫，善于用药，并经常以此将她的敌人及反对者变成怪物。

那是四月一个温暖的上午，春天的魔法给巴黎带来了无限的魅力。法官是一个面相和蔼、蓄着胡子的男人，喜欢唠叨，为人十分坦率。

"太太！先生！"这位法官言谈举止都很夸张，带有戏剧化的色彩，"在作出无法挽回的决定之前，我恳求你们再认真考虑一下！"

如果有人看到了那一幕，肯定会发誓说奈德是天底下最无辜的男人。他展露出了迷人的魅力，给阳光明媚的房间增添了生机。伊芙很熟悉这种魅力——即使是宿醉的状态，他也让人心动。他的表演既动情又凄惨，能够轻松地赢得别人的好感。他有着金色的头发和蓝色的眼睛，尽管已经是三十过半，看起来却仍然精力旺盛；他站在窗户旁边，一副专心致志的表情。伊芙不得不承认，他魅力十足、让人难以自拔，而这正是他一切麻烦的根源。

"我能不能向你们介绍一下我对婚姻的看法？"法官仍然喋喋不休。

"不用了，"伊芙说，"求你了！"

"我真的希望太太和先生能考虑一下……"

"你用不着劝我。"奈德用沙哑的声音说，"我根本就不想离婚。"

小个子法官猛地转过头，异常威严地说："先生，请安静！是你行为失当。应该是你请求太太的原谅。"

"我愿意这么做，"奈德立刻说，"如果你允许的话，我愿意跪下来恳求她。"

奈德很有魅力，也非常机灵。他说着就走向了伊芙。

法官抚弄着胡须，满怀希望地看着。

在那一瞬间，伊芙感到了惊慌——也许她永远都无法摆脱这个男人了。

"本案的另一名责任人，"法官偷偷地看了一眼他的卷宗，"这位女士，"他又瞥了一眼卷宗，"布勒梅尔·史密斯……"

"伊芙，她对我来说并不重要！我发誓，她在我心中毫无地位！"

伊芙疲惫而无奈地说："这个问题我们早就讨论过了，不是吗？"

"巴齐·布勒梅尔 - 史密斯面目可憎，道德败坏。"奈德说，"我真不明白当初自己哪根筋不对了。如果你为了她吃醋……"

"我并不会为了她吃醋。但既然你真的那么讨厌她，你为什么不试着用点燃的香烟去烫她的胳膊，看看她有什么反应？"

奈德的脸上出现了一种绝望无助、受到伤害的表情——就像一个遭到误解的小男孩。

"你总不能为了那件事指责我吧？"

"奈德，亲爱的，我并不想为任何事情指责你。我只想尽快了结。求求你了！"

"我当时喝醉了，完全不知道自己在做什么。"

"奈德，我想我们没必要为那件事争执。我告诉过你，那并不重要。"

"那你为什么还对我这么苛刻？"

伊芙坐在一张大桌子旁边，桌上摆着一个硕大的墨水瓶。

奈德按住了她的手。他们刚才在用英语交谈，小个子法官没有听懂。他咳嗽了一下，转过身，走到了书架跟前，似乎突然对书架上方的一幅挂画产生了浓厚的兴趣。奈德牢牢地抓着伊芙的手，伊芙又一次感到惊恐——难道他们要把奈德强加在她的身上？

从某种程度上说，奈德的辩解并没有错。他既迷人又聪明，但对自己生性中残忍的一面却毫不自觉，就像一个懵懂无知的小孩子。

"残忍"——多么可怕的词汇，这一条就足够作为要求离婚的理由；在伊芙看来，即使是"精神折磨"也足够了（她鄙视那些伪善的人发明了这个委婉的字眼）。不过，通奸的罪状最有效、最直接。在离婚诉讼中，她只提到了这一点，这就足够了。在她和奈德的私人生活中，有一些东西她宁肯死也不会在法庭上公之于众。

"婚姻，"法官对着书架上方的那幅画说，"是男人和女人抵达幸福的唯一秘诀。"

"伊芙，"奈德说，"你能再给我一次机会吗？"

在很久以前的一次晚会上，一位沉闷乏味的心理学家曾经告诉伊芙，她比正常人更容易受到暗示的影响。但是她还没有蠢到在奈德面前投降的地步。

伊芙并不否认奈德爱她，用他自己的方式爱着她。但是她对奈德的花言巧语无动于衷，甚至有点儿反感。在某一瞬间，她感受到了诱惑，不过这种诱惑并非来自奈德，而是来自一种逃避的渴望——如果她表示同意，她就能避免离婚案带来的烦恼、沮丧和不安。可是，仅仅是因为懦弱，仅仅是为了避免麻烦就投降，这么做值得吗？假如回到奈德身边，再次忍受奈德的处事方式，忍受奈德的那些朋友，忍受她曾面对的一切——就像一身永远脱不下来的脏衣服……伊芙不知道她是应该痛哭失声，还是应该对着法官的胡须哈哈大笑。

"抱歉。"她站了起来。

法官猛地转过身，仍然抱着一丝希望。

"太太是说……？"

"可惜。我没有成功。"奈德说。

在那一瞬间，她很害怕奈德会暴怒地砸碎什么东西——他以前发火的时候经常这么做。但是惊恐转瞬即逝，奈德似乎也没有发怒。他站在那里，牢牢地盯着伊芙，同时摆弄着口袋里的硬币。接着他笑了起来，露出了一排强健的牙齿，眼角也出现了一些细微的皱纹。

"你仍然爱我，你很清楚。"他的语气中有一种天真的意味，表明他自己对此深信不疑。

伊芙从桌子上拿起了她的手包。

"别担心，我会证明这一点。"他补充说，看到她脸上的表情之后，他的笑容变得更加灿烂，"当然，不是现在！你需要一段时间冷静下来；或者说需要一点儿时间作准备。我要出国一段时间。不过等我回来之后……"

但是他没有回来。

伊芙留在了拉邦德莱特，决心无视邻居们的看法；不过她仍然担心可能出现的流言蜚语。事实证明，她完全多虑了。没有人关心在昂志街¹的米哈玛别墅里发生了什么。拉邦德莱特是一个季节性的度假胜地，英国和美国的游客在赌场里散尽钱财，根本不在乎当地发生的事情。伊芙不认识这条街上的任何人，这条街上也没有人认识她。

春天逐渐让位给了夏天，拉邦德莱特开始人潮汹涌。小镇上散落着五颜六色的、尖屋顶的房子，让人如同置身于迪士尼公司的电影当中。空气中氤氲着松树的芳香，敞篷马车在宽阔的大道上叮当作响。赌场旁边矗立着两座大酒店——董炯酒店和布瑞塔尼酒店。两家酒店都有仿哥特风格的角楼直指蓝天，还有很多色彩明快的遮阳篷。

和奈德·阿特伍德在一起的时候，伊芙已经受够了既紧张又焦虑的生活方式，所以她一向很少在赌场和酒吧里消磨时间。她现在仍然觉得烦躁，神经绷得紧紧的，处于一种相当危险的心境。她觉得很孤独，但是又不愿意有人陪伴。有时候她会去打高尔夫球（都是在清晨，那会儿球场上看不到其他任何人），或者是骑马穿过海边灌木丛生的沙丘。

后来，她遇到了托比·罗斯。

让她隐隐感到不安的是，罗斯家也住在昂志街，而且就在她的房子对面。这是一条窄窄的街道，并不算长，两旁坐落着白色和粉色的石头房子，面向街道的一侧都有围墙保护着前庭。可是这条街道太狭窄了，你可以轻而易举地看到街对面房子的

---

1. 法文为"rue des Anges"，意为"有很多天使的街道"。

窗内。这种环境难免让人感到不安。

在和奈德一起生活的那段时间里，伊芙曾隐约注意到街对面的人。那是一个老人，实际上就是莫瑞斯·罗斯爵士，托比的父亲；他曾经有一两次疑惑地盯着他们。他面相和蔼，像个苦行僧，给伊芙留下了深刻的印象。那栋房子里还有一个浅红色头发的女孩，以及一位和蔼可亲的老妇人。但是伊芙从来没有见过托比，直到那一天他出现在高尔夫球场上。

那是接近六月中旬的一天，还是早晨，天气就够热了。拉邦德莱特的大多数居民还在昏睡中。在高尔夫球场的开球处，绿茵茵的球道上挂着露珠，成排的松树遮挡了远处的海岸线；所有这些都被一种孤寂和燥热的感觉包围着。伊芙的高尔夫球技很糟糕；在第三洞的时候，她把球打进了一个沙坑。

经过一个不眠之夜后，伊芙的情绪难免暴躁异常，她从肩上一下子摘下高尔夫球袋，扔在了地上。不知为何，她突然开始憎恨高尔夫球了。她坐在沙坑的边缘上，盯着沙坑里面的高尔夫球。就在她发愣之际，远处忽然有人用铜质高尔夫球杆猛地一击，一个高尔夫球顿时呼啸着冲向球道，砰地一响，坠落到了沙丘顶端的草丛上，旋即又顺着沙丘的边缘滚下，最后停在了伊芙的高尔夫球旁边——只有不到三英尺[1]的距离。

"笨蛋！"伊芙大声说道。

一两分钟之后，一个年轻的男人从开球处的方向走了过来。他从沙丘另一侧爬到了沙丘的顶端，背对着蓝天，俯视着她。

---

1. 英尺：英美制长度单位，1 英尺约等于 0.3048 米。

"上帝呀！"他说，"我不知道你在这儿！"

"没关系。"

"我不是故意的！我本该喊一声的。我……"

他急忙走下沙丘，放下了一个沉重的高尔夫球袋——里面至少有二十几支球杆。他是一个强壮的年轻男人，看起来和和气气、有些拘谨。伊芙很久没有见过这么讨人喜欢的表情了。他有一头浓密的棕色头发，剪得非常短；还留着两撇小胡子，似乎想证明自己见过世面，但是他的态度过于严肃，又削弱了这种印象。

他站在那里，盯着伊芙。他看起来很体面、很正派——除了他脸上的一抹红晕。伊芙看得出他正在竭力避免脸红，大概还在心中诅咒自己的笨拙。但事与愿违，他的脸反而更红了。

"我以前见过你。"他说。

"真的吗？"伊芙有点儿紧张，因为她现在的气色肯定不怎么迷人。

然后，托比·罗斯直率而唐突地提出了一个问题（如果按照他正常的社交策略，这种问题会在他嘴里停留几个月的）。

"我说，你现在还处在已婚状态吗？"

他们一同打完了那一轮高尔夫球。才刚到第二天下午，托比就向家人宣布说他遇到了一位极好的女士——她不幸嫁给过一个恶棍，但是她以惊人的勇气承受了厄运。

这句话并没有错。不过通常来说，在一般家庭，小伙子的家人不会喜欢听到这种邂逅。

因为已经习惯了周围的世界，伊芙毫不费力就想到了托比·罗斯的家人会有什么反应：他们会面无表情地坐在餐桌旁边，会有人轻轻地咳嗽，或者不自然地移开目光，会有人随口说"是吗，托比？"，还会有人说能见到这样的楷模倒也不错。至于家庭中的女性成员，也就是罗斯夫人和托比的妹妹贾尼丝，伊芙猜测她们会毫不掩饰地表达敌意。

但是随后的进展却完全出乎她的意料。

罗斯一家毫不犹豫地接纳了她。他们邀请她去喝下午茶，一起坐在自家别墅后面的漂亮花园里聊天。简单谈了几句之后，双方就都相信彼此趣味相投。

这个奇迹真的发生了。奈德·阿特伍德或许会说绝不可能，这不符合我们所习惯的常理；但奇迹真的发生了。伊芙最初的疑惑很快就变成了热切的感激。他们的做法融化了她心头的冰山，她再次开始感到幸福，幸福得让她有点儿惶恐。

海伦娜·罗斯，也就是托比的母亲，毫不掩饰对伊芙的喜爱。红头发的贾尼丝·罗斯现在是二十三岁，她羡慕伊芙的美貌，几乎到了狂热的地步。

本舅舅总是在抽烟斗，他的话很少，但发生争论的时候总是站在伊芙这一边。莫瑞斯·罗斯爵士年事已高，经常向她询问对他的收藏品的意见——这对她而言本身就是一种荣幸。

至于托比……

托比是一个讨人喜欢的、很体贴的年轻人。这并不能算是故意夸耀。有人可能会说他有一点儿自命不凡的架势，但他的幽默感足以改变这种偏见。

"说起来，肯定是我。"他大声地说。

"肯定是什么？"红发的贾尼丝问道。

"绝对错不了，"托比说，"我肯定会成为霍肯森银行在拉邦德莱特分行的经理。"现在光是想一想就让他兴奋不已了，"我以后要小心一点儿。伦敦的银行不喜欢大肆张扬的人。"

"银行的人都很古板吗？"贾尼丝问道，"我是说，即使是在法国的银行里，现在也很少看见职员在柜台下面藏金发美女的照片，工作时间更不可能有人醉醺醺的。"

"我倒是认为，"海伦娜·罗斯恍惚地说，"银行职员醉醺醺说不定会有什么奇遇。"

托比似乎吃了一惊。不过他抚弄着自己的小胡子，认真地思考着这个问题。

"霍肯森银行，"他说，"是英格兰最古老的银行之一。他们还是金匠的时候，就在圣殿关[1]附近开铺子。"他又转头对伊芙说："我父亲的收藏品里就有一个小金人，曾经是他们的徽标。"

一如既往，提到爵士的收藏品，听众们都郑重地保持片刻的沉默。对于他的家人来说，莫瑞斯·罗斯爵士的爱好既可以作为家庭内部的笑料，也是一件值得严肃对待的事情——在一大堆不值钱的破烂货当中，确实有些漂亮的珍宝。

罗斯爵士的收藏品都放在他的书房里。那是二层临街的一间宽大的房间，他经常在那里待到很晚。伊芙记得在离婚前那些可怕的日子里，她和奈德·阿特伍德曾经有一两次从她的卧室窗户望向街对面。罗斯爵士的书房没有拉窗帘，他们能够看

---

1. 一译坦普尔栅门，旧时伦敦城的一个入口。

到里面的景象:靠着墙壁立着很多玻璃展示柜,一位面色慈祥(她对此印象非常深刻)的老人手举着放大镜。

幸好没有人提到往日。对罗斯家族来说,奈德·阿特伍德这个人似乎从来就不存在。莫瑞斯·罗斯爵士曾经有一次非常隐晦地提到了她的前夫,但是他用一种伊芙无法理解的古怪眼神瞥了她一眼,然后犹豫着,最终岔开了话题。

七月底的时候,托比向伊芙求婚了。

伊芙一直没有意识到托比对她的重要性,她没有意识到自己多么渴望稳定的生活,多么渴望诚挚的笑容。

托比是一个值得信任的人。尽管有时候他对伊芙的态度就像是对待彩绘玻璃上的女神,但这并没有让她反感;正相反,她从中领略到一种别样的温柔。

在拉邦德莱特有一家不大不小的、叫作"森林餐厅"的餐馆,你可以坐在树林里,在中国灯笼下面用餐。那天晚上伊芙光彩照人,她穿了一件珍珠灰的外衣,将原本略显苍白的皮肤映衬成柔和的淡粉色。托比就坐在桌子对面,用手指把玩着餐刀,看起来神气十足。

"我说,"他直截了当地开了口,"我知道我配不上你。"(如果奈德·阿特伍德听到这话,肯定会笑得前仰后合!)"但是我非常爱你,我想我能给你带来幸福。"

"你好,伊芙!"就在这时,伊芙身后传来一个声音。

她一瞬间惊恐万状,以为说话的是奈德。

不过那并不是奈德,而是他的一个朋友。她根本没有想到会在"森林餐厅"这种地方遇到奈德的朋友。因为通常情况下,他们都会在十点半吃晚饭，然后直奔赌场，整晚坐在那里，玩一些本钱不大、花样百出的赌博游戏。

伊芙认出了正在朝她咧嘴笑的这张面孔，但是记不清他的名字了。

"跳一支舞吗？""无名氏"用烦人的声音发出了邀请。

"谢谢，我今天晚上不想跳舞。"

"哦，真遗憾。""无名氏"嘟囔了一句，慢慢走开了。他的眼神让伊芙回想起了一些往事，让她觉得遭到了嘲笑。

"是你朋友吗？"托比问。

"不是。"伊芙回答说。乐队开始演奏一首几年前流行过的华尔兹。"是我前夫的一个朋友。"

托比开始不停地清嗓子。托比的感情纯粹是一种浪漫情调，一种对不可能存在的、理想化的女人的追求，而这种感情现在刺痛了他。他们从来没有讨论过奈德·阿特伍德的问题，也就是说，伊芙从来没有告诉过托比关于奈德的实情。她只说他们的分歧是性格不合。"其实他是一个很好的人。"这种轻松而随意的评价对托比来说可怕极了，嫉妒像鱼刺一样狠狠地钩住了他素来温和的灵魂。

他不停地清着嗓子，已经有十几次了。

"我刚才说的事情，"他说，"我是说，向你求婚，如果你希望多一点儿时间考虑……"

伊芙满脑子都是乐队正在演奏的几年前的乐曲，以及乐曲勾起的可怕回忆。

"我——我知道我还不够资格。"托比坐立不安地继续说着，他放下了餐刀，"不过也许你可以像生意人那样，告诉我你可能会愿意还是不愿意……"

伊芙把手伸过了桌子。

"愿意，"她说，"愿意，愿意，愿意！"

托比有整整十秒钟没有说话。他舔了舔嘴唇，把手放在了她的手上面，但是仍然小心翼翼，就好像在抚摸彩绘玻璃；然后他突然意识到自己正在一个公众场合，于是迅速地收回了手。他敬畏的表情让伊芙很吃惊，甚至有些不安。她有点儿担心，也许托比对女人一无所知。

"怎么啦？"她问道。

托比想了一下。

"我想我们应该再喝一杯。"托比下定了决心，然后他缓缓地摇了一下头，似乎仍然不敢相信，"你知道吗，这是我一生中最幸福的时刻。"

在七月的最后一天，他们对外公布了订婚的消息。

半个月之后，在纽约的一家酒吧里，奈德·阿特伍德从刚刚到达的朋友那里听说了前妻订婚的消息。他静静地坐了几分钟，只是转动着杯子里的吸管。随后他出去预订了一张船票，决定乘坐两天之后的"诺曼底号"回到欧洲。

由于如上的因缘，在这三个人毫不知情的情况下，凄惨的悲剧开始在昂志街的一栋别墅里缓缓酝酿。

第2章

　　午夜十二点四十五分，奈德·阿特伍德顺着赌场大道转入了昂志街。

　　高耸的灯塔的光柱在远处扫过天空。白天的酷热已经消退了，但是被烤熟的沥青路仍然冒出一股一股的热气。拉邦德莱特一片寂静，听不到任何脚步声。度假季节基本上过去了，剩下的为数不多的客人都聚集在赌场里，他们会在那里一直玩到凌晨。

　　因此，没有人会注意到出现在昂志街街口的这个看起来很年轻的男人。他穿了一件深色的外套，戴着一顶软帽，站在街口稍稍犹豫了一下，随后就大步走了进去。他紧紧地咬着牙齿，两眼通红，就像刚喝过酒一样。但至少今天晚上奈德没有喝酒，他只是情绪激动。

　　伊芙从来就没有停止过爱他！这是他深信不疑的事情。

　　那天下午他不应该在董炯酒店的露台上吹嘘说他会赢得美人归，现在他开始后悔了。那是一个严重的错误。他应该悄悄地溜进拉邦德莱特，就像他现在走在昂志街一样悄无声息，手里攥着伊芙那栋别墅的钥匙。

　　米哈玛别墅，也就是伊芙的住所，在昂志街中段的左手边。

奈德走近别墅的时候，下意识地瞥了一眼街对面的房子。和伊芙的别墅一样，罗斯家的房子也宽敞、方正，砌着白色的石头墙，屋顶铺着明亮的红色瓦片。房子离街道有几英尺的距离，外围是一道高墙，高墙的中间是一扇小小的铁门，也和伊芙的房子一样。

正如奈德预料的那样，那房子底层一片漆黑，楼上只有莫瑞斯·罗斯爵士书房的两扇窗户亮着灯光。外面的铁制百叶窗并没有关上；因为气温并不低，窗帘也没有拉拢。

"太好了！"奈德大声地说，然后深深地吸了一口清香的空气。

他推开伊芙家围墙上的铁门，蹑手蹑脚地走了进去。其实他完全没有必要担心，那个老头根本不可能听到他的声音。他顺着短短的小路飞快走到前门口，掏出在很久前愉快的日子里——或者说更加狂乱的日子里——配的前门钥匙，把它插进了锁孔。他再次深深地吸了一口气，向他心目中异教的神明祈祷了一下，然后用肩膀顶开了门。

伊芙是睡着了还是醒着？米哈玛别墅里面没有灯光。这并不稀奇，伊芙一直有个习惯：在日落之后，她会拉严所有窗户的窗帘。奈德一直认为这是一种病态而古板的习惯。

楼下的大厅一片漆黑。房间里弥漫着咖啡和打过蜡的家具的气味——法国的房子里似乎总是这样，这让他回想起了往日生活中的诸多细节。他摸索着走向楼梯，蹑手蹑脚地上楼。

那楼梯狭窄但漂亮，青铜制成的栏杆固定在墙壁上，弯成了贝壳一样的弧形。不过台阶又高又陡，上面厚重的地毯被老式黄铜压杆固定着。他以前曾经无数次摸黑爬上过这个楼梯！

他曾经无数次听到座钟的嘀嗒声，无数次感到心中的恶魔作祟；因为他爱着她，而她可能做出了不忠的事情（他认为）。他记得很清楚，在接近楼梯顶部的位置，就是离伊芙房间不远的地方，有一根黄铜压杆松了。他曾经很多次绊倒在上面，有一次差点儿要了他的命。

奈德一手扶着栏杆，慢慢地爬上了楼梯。伊芙还没有睡。他看到她卧室门的下面有一道细细的光线。

奈德在全心观察着那道光线，以至于完全忘记了脚下那根他本应躲开的松动的黄铜压杆，结果他整个身子往前一扑，摔倒在地。

"见鬼！"他大声骂道。

在卧室里的伊芙·尼尔听到了声音。

她立刻就明白了门外的人是谁。

伊芙正坐在梳妆镜前面，缓缓地梳理着头发。房间里只开了一盏灯，就是梳妆镜上方的吊灯。灯光衬托出了她迷人的样子：浓密的浅栗色头发披散在肩膀上，还有那双明亮的灰色的眼睛。随着梳理头发的动作，她轻轻地把头往后一仰，露出了女神般的肩膀上那圆润的脖颈。她穿着一身白色的丝绸睡衣，脚上是一双白色的锦缎便鞋。

伊芙并没有回头，而是继续梳理着头发。在身后的房门被推开前的那一刹那，她突然感到莫名的惊恐。紧接着，她从面前的镜子里看见了奈德·阿特伍德的面孔。

奈德试图保持冷静，但他看起来马上就要哭出声了。

"听我说，"他还没完全打开门，就急切地说，"你不能这么做！"

伊芙的惊恐并没有消退，反而更加强烈了。但是她继续梳理着头发，也许是想用这个动作来掩饰紧张的情绪。她听到自己在不由自主地说话。"我就知道是你，"她的语调很平静，"你是不是发疯了？"

"没有！我——"

"嘘，看在上帝的分上，别这么大声！"

"我爱你。"奈德伸出了双手。

"你原来向我发誓说你把钥匙搞丢了。这么说你又骗我了？"

"我们现在没必要争论这些琐碎的小事。"在奈德看来，这确实是最无聊的小事。"你真的要嫁给那个家伙吗？"他轻蔑地说出了名字，"托比·罗斯？"

"是的。"

他们两人都下意识地瞥了一眼那两扇临街的、拉着窗帘的窗户。很显然，他们脑袋里都转过了同样的念头。

"我能不能提醒一下，你似乎忘了最基本的道德准则？"伊芙问道。

"只要我爱你，我就不在乎这些。"

是的，他快要哭出声音了。在装腔作势？伊芙认为不是。至少在那短暂的一瞬间，奈德平日面对世界时那种懒散、嘲讽的态度和自以为是的派头被什么东西压制住了。但是这一切转瞬即逝，奈德又恢复了往日的样子。他走进房间，把帽子扔在床上，然后坐进了一把安乐椅。

伊芙强忍着没有尖叫出声。

"在街对面……"她开口了。

"我知道，我知道！"

"你知道什么？"伊芙问道。她放下梳子，猛地转过身，面对着奈德。

"我知道那个老头子，莫瑞斯·罗斯爵士……"

"是吗？你对他有多少了解？"

"我知道他每晚都待在街对面的房间里，会熬到很晚。"奈德说，"他在那里研究他的收藏品之类的。从他的房间窗户能直接看到这个房间。"

卧室里相当温暖，有浴盐和香烟的气味。奈德懒洋洋地坐在椅子里，一条长腿挂在扶手上。他环顾着房间，脸上出现了嘲讽的表情。那不仅仅是一张粗犷而英俊的脸：他的前额、眼睛、嘴角的线条，处处都彰显出他丰富的想象力，透着一股机灵劲儿。

他看了看熟悉的、装饰着暗红色锦缎的墙壁，看了看数目众多的镜子、铺着被单的床和扔在床上的帽子，又看了看梳妆台上方仅有的那处光源。

"他们都有崇高的品格，对吗？"他暗示说。

"谁？"

"我是说罗斯家族的人。如果那个老头发现你在凌晨一点热情地接待一位老熟人……"

伊芙想站起来，但是又坐了下去。

"别担心，"奈德尖刻地说，"我还没有卑鄙到你所想象的程度。"

"那么请你离开这里，行吗？"

奈德的语气变得绝望。

"我只是想知道，"他固执地问，"你为什么要这么做？你为什么要嫁给那个家伙？"

"因为我碰巧爱上了他。"

"胡说。"奈德不以为然地把这种说法甩到了一边。

"你有什么想说的，要说多久？"伊芙问。

"不可能是因为钱，"他思忖道，"你的钱够多的了。肯定不是这么回事，我的小甜心，不是为了钱。应该是反过来。"

"你什么意思，应该是反过来？"

奈德直率而凶恶地说："你想想看，那个老山羊为什么急着让他一本正经的儿子娶你？是为了你的钱，我亲爱的。所以别冒傻气，就这么简单。"

伊芙真想拿起梳子扔到他身上。他又在试图摧毁她想要追求的一切，他以前就是这样。

奈德惬意地坐在椅子里，领带从深棕色的大衣里面露了出来。他脸色凝重，就像一个真正在试图解开难题的人。伊芙觉得胸口有一股怒气，她很想大叫大嚷一番。

"这么说，"她对奈德怒目而视道，"你很了解罗斯家族的人？"

奈德很严肃地回答了她的问题。

"我并不认识他们，真的不认识。不过我搜集了关于他们的所有信息。整件事情的关键[1]就是……"

"既然我们说到这儿了，"伊芙说，"你干吗不把钥匙还

---

1. 英文中的"key"既可以表示"关键"，也是"钥匙"的意思。

给我？"

"钥匙？"

"这所房子的钥匙。就在你的钥匙串上，你手上正在摆弄的钥匙。我希望这是你最后一次让我陷入这么尴尬的境地。"

"伊芙，看在上帝的分上，别这样！"

"请你放低声音。"

"我希望你回到我的身边。"奈德坐直身子道。但是当他看到她脸上的表情之后，他变得闷闷不乐："你怎么啦？你完全变了。"

"是吗？"

"你为什么突然变得喜欢装腔作势？你以前是一个和气亲切的人，现在却一副圣洁的样子，真不明白这是什么意思。自从你认识了罗斯家族的人之后，你的道德标准完全变了，简直能让鲁克丽丝 [1] 羞愧难当。"

"是吗？"

一阵令人心惊肉跳的沉默之后，奈德跳了起来。

"别这么故作清高地坐在那儿说'是吗？'！别跟我说你爱上了托比·罗斯。这绝不可能！"

"奈德，托比·罗斯哪一点招惹你了？"

"没什么，只是所有的人都说他是个自命清高的傻瓜。他可能没什么问题，也可能是一个了不起的'人物'，但是他不适合你。不管怎么说，我才是适合你的人。"

伊芙打了个冷战。

---

1. 莎士比亚的叙事诗《鲁克丽丝受辱记》中的女主角，个性贞烈。

"真见鬼！"奈德冲着一面镜子嚷道，"到底应该怎么对付这种女人？"他停顿了一下，"我猜测，"他又露出了伊芙非常熟悉的表情，"我现在只有一件事情可以做了。"

伊芙也跳了起来。

"你这么性感迷人，"奈德说，"尤其是穿着这种睡衣，即使是隐士见了也会忘乎所以，何况我根本不是什么隐士。"

"站住，不准靠近我！"

"我觉得我像是通俗剧里的恶棍。"奈德突然郁闷地说，"我面前的女主角哭哭啼啼，但是又害怕被人发现……"他朝窗户点了下头，接着脸色一变。"其实，"他奸诈地说，"做一个恶棍有什么不好？为什么不做一个偷偷摸摸的坏蛋？你会喜欢的。"

"我会抓破你的脸！我警告你！"

"好样的。就应该这么办。"

"奈德，我没有开玩笑！"

"我也没有开玩笑。你会反抗，但只是最开始装装样子，我可不在乎。"

"你一直自称没有道德廉耻。但是你以前总是标榜公平游戏的精神。如果——"

"你觉得街对面的老山羊能听到你的声音吗？"

"奈德，你在干什么？别靠近那扇窗户！"

伊芙突然意识到梳妆台上方的灯还亮着。她伸手在头顶摸索着，关上了灯，让房间陷入了黑暗。窗户上悬挂着厚重的锦缎窗帘，里面还有一层钩丝窗帘，遮住了敞开的窗扇。奈德在厚重的锦缎窗帘上摸索着，掀开窗帘的一角，一阵清凉的空气闯了进来。除非迫不得已，他并不想让伊芙出丑；而且伊芙现在的表现让他安心了。

"莫瑞斯爵士还没有睡吗？是吗？"

"是的，他还没有睡。不过他并没有往这边看。他正拿着一个放大镜，在看一个鼻烟盒之类的东西——等一下！"

"怎么啦？"

"那里还有另外一个人，但我看不清楚是谁。"

"托比，也许是他。"伊芙的低语变成了一种极力压抑着的惊叫，"奈德·阿特伍德，请你离开那扇窗户！"

在这一刻，他们两人才都意识到房间里已经没有灯光了。

街道上惨白的灯光从窗帘的缝隙钻了进来，照亮了奈德扭过来的面孔。他脸上有一种天真的神气，就好像一个小孩子吃惊地发现房间里一片黑暗，但是他嘴角的一丝冷笑证明这都是伪装。他放下了钩丝窗帘和锦缎窗帘，阻挡了仅有的光亮。

房间里闷热得令人难以忍受。伊芙再次伸手到头顶，试图打开那盏灯，但是没有找到开关。她没有继续摸索开关，而是从梳妆台前面退开，跌跌撞撞地走到了房间的另一头。

"伊芙，听着……"

"这件事太荒唐了。请你开灯，行吗？"

"为什么让我开灯？你离开关更近！"

"不对。我……"

"哦。"奈德的音调很是古怪。

伊芙注意到了他的语调变化，这让她更加惊恐。他似乎在得意洋洋地炫耀。

奈德并不明白一件事情——他的虚荣心导致他无法明白——伊芙现在很反感他。她现在的处境不只是尴尬，而是已演变成了一场噩梦。而且在所有可能的脱身策略中，她从来没有想过一种可能性——向其他人求救，比如说召来佣人，终止这场噩梦。

伊芙·尼尔已经形成了一种惯性思维；她认为在类似事件中，没有人会相信她的说法。过去没有人相信，将来也不会有人相信。生活的经验教会了她这一点。实际上，她非常害怕仆人知道这件事情，害怕的程度不亚于害怕被罗斯家的人知道。仆人们会嚼舌头，而且每经过一次转述，故事都会变得更加耸人听闻。新来的女仆伊薇特就是这种人……

"给我一个理由，"奈德平静地问，"你为什么要嫁给那个罗斯？"

伊芙的声音并不高，但是在黑暗中异常响亮。

"看在上帝的分上，离开这里吧。你不相信我爱上了他。但是这是事实。再说，我没有必要向你解释我的决定。我现在没有这个义务了。你认为你还有权利约束我吗？"

"是的。"

"凭什么？"

"我现在就过来告诉你。"

尽管房间里一片黑暗，尽管他什么都看不见，但是他知道她在做什么。衣物的沙沙声、弹簧的一声轻响，他由此判断伊芙拿起了扔在床脚的厚重的针织睡衣，正往身上穿。当他冲上去抓住她的时候，她已经拼命套上了睡衣——除了一只袖子。

伊芙突然感到了另一种恐惧。她不可能忽略这种风险。她那些久经风尘的朋友总是告诉她：没有哪个女人会忘记自己一生中肌肤相亲的第一个男人。她认为都已经烟消云散的事情，其实还藏在她的心底。伊芙是一个有七情六欲的女人，而且已经独守空闺好几个月了；更可怕的是，不管你对奈德·阿特伍德有什么评价，你都无法否认他具有某种魅力。如果……

当他抓住她的时候，她凶狠但笨拙地挣扎着。

"放开我！你弄疼我了！"

"你会乖乖的吗？"

"不会！奈德，仆人们……"

"胡说！这儿只有老莫普西。"

"莫普西已经走了。现在的仆人是新来的，而且我信不过她。我觉得她总是探头探脑。我说，你就不能像普通人那样本分地……"

"你会乖乖的吗？"

"休想！"

伊芙的个子很高，只比他矮两英寸 [1]。但是她苗条、柔弱，没有什么力气。不过这一次她的反抗非常明显，奈德即便神经迟钝也意识到了问题：这不是卖弄风情，而是真正的反抗！这种事情会影响人的情绪，奈德并不是傻瓜。但现在他已经把伊芙揽在怀里，就一下子完全失去了理智。

就在这一刻，电话铃声惊心动魄地响了起来。

---

1. 英寸：英美制长度单位，1 英寸等于 2.54 厘米。

第 3 章

不管在什么地方，聒噪的电话铃声总是让人心烦意乱。在漆黑的房间里，那刺耳的铃声就像是喋喋不休的指控。电话响个不停。两人都被吓得失去了理智，都压低了声音说话，似乎害怕电话机能偷听。

"别接电话，伊芙！"

"放开我！也许是……？"

"胡说！让它响吧！"

"可是，也许他们看见……？"

他们都站在放着电话的小桌子旁边。伊芙下意识地伸出手去拿听筒，奈德抓住了她的手腕，想要阻止她。结果电话基座被扯动了，听筒从基座上滑了下来，重重地摔在了小桌子上。那尖厉而可怕的铃声终于停止了。可是在寂静当中，他们都清楚地听到一个细微的声音——托比·罗斯的声音。

"喂？伊芙？"那个声音在黑暗中呼唤着。

奈德松开了伊芙的胳膊，往后退了几步。他从来没有听过这个声音，但是要猜出声音的主人并不难。

"喂？伊芙？"

伊芙伸手去抓滑到一旁的电话听筒。但是在她最终抓牢之前，它又重重地摔在了墙上。她放缓了沉重的呼吸。当她开口说话的时候，她的声音平稳自然，甚至很随意——不知情的人肯定会赞叹她的定力。

"喂？是你吗，托比？"

托比·罗斯声音低沉，语速缓慢。经过电话系统的处理之后，他说出的每一个音节都清晰可辨。

"真抱歉这么晚把你惊醒。"托比说，"可是我睡不着。我必须给你打电话。你介意吗？"

奈德·阿特伍德摸索着走了几步，打开了梳妆台上方的灯。

他以为这个动作会引起伊芙的注意，但是她毫不在乎。她只是匆匆地瞥了一眼窗帘，以便确定没有人能看到屋子里的情况。她根本没有理会亮起的灯——甚至没有理会奈德。听到托比带着歉意的、愉快的声音，伊芙便无所畏惧了。还有更让奈德气愤的事情：托比的语调如此专注、如此温柔，一贯以自我为中心的奈德完全无法想象还有其他人能这样对伊芙说话。这让奈德惊诧，甚至厌恶。

奈德冷冷地一笑。但是他听到的下一句话迅速地抹去了他脸上的笑容。

"托比，亲爱的！"伊芙轻声地说。

他没有听错。这是一个陷入爱河的女人的声音——至少她自己已经动情了。她脸上神采飞扬，语调明白无误地表达着欣慰和感激。

"你不介意我给你打电话？"托比在问。

"托比，当然不会！你——你怎么样？"

"我很好，只是睡不着。"

"我是说，你在哪儿？"

"我在楼下的客厅里。"全神贯注的罗斯先生自然不会注意到这个问题的古怪之处，"我刚才已经上了楼。但是我总在想你可爱的样子，所以必须给你打个电话。"

"托比，亲爱的！"

（"鼠辈！"奈德·阿特伍德说。）

人总是无法抑制地认为别人表达感情的辞令都空洞而无趣——即使你自己也想表达同样的感情。

"我说的都是真的。"托比一本正经地作出了保证，"嗯……关于我们今天晚上看过的戏剧，你觉得那些英国人的表演怎么样？"

（"难道他半夜打电话来就是为了讨论戏剧表演？"奈德说道，"闭上你的臭嘴！"）

"托比，我非常喜欢那出戏！我觉得肖维演得很出色。"

（"肖维，很出色。"奈德说，"哦，我的天哪！"）

是的，既然他注意到了伊芙脸上的表情，就自然难免会感到心烦意乱。

电话另一头的托比似乎有些迷惑。

"不过我觉得那出戏的某些部分很出格，你没有受到什么刺激吧？"

（"我真不敢相信。"奈德低声道，他睁大了眼睛，瞪着那部电话机，"我实在无法相信！"）

"贾尼丝、本舅舅和妈妈都说没有问题。"托比继续说道,"但是我不敢肯定。"托比这种人总是小题大做,看来肖维先生的表演让他难以适从。"也许我有一点儿老派。可是我觉得,有一些东西不应该展示给女人——我是说有教养的女人。"

　　"我并没有受到什么刺激,亲爱的托比。"

　　"好的。"罗斯先生在电话另一头敷衍了一句,你甚至能想象到他在那里坐立不安的样子,"其实——我就是想说这个,真的。"

　　("真是个骑士风度的诗人,老天!")

　　但是托比又说起了其他事情:"别忘了,我们明天要去野餐。天气应该不错。哦,对了,我忘记说了,老头子今天晚上弄到了一样新玩意儿,他兴奋得不得了。"

　　("是的。"奈德轻蔑地说,"就在一分钟之前,我们看到那个老山羊在摆弄他的宝贝。")

　　"好的,托比。"伊芙表示同意,"我们看——"

　　她脱口而出。这半句话似乎无关紧要,但是她的心头又涌起了一股无端的恐惧。她抬起头,看到了奈德脸上狡诈的笑容——他的笑容是如此可憎(还是如此诱人?),但是她的声音毫无停顿:

　　"我是说,我们今天晚上看了一出精彩的好戏。"

　　"很精彩,不是吗?"托比说,"好了,我不应该再耽误你睡觉了。晚安,亲爱的。"

　　"晚安,托比。你不知道,估计你永远无法想象,听到你的声音我有多么高兴!"

她放下了电话听筒，然后就是一片沉默。

伊芙仍然坐在床边，一只手扶着电话机，另一只手把针织睡衣挡在胸口上。她抬起了头，看着奈德。在灰色的眼睛下面，她的两颊上有一抹红晕。那长长的、柔软的头发包裹着她迷人的面庞，虽然有些蓬乱，但是闪烁着浅栗色的光芒。她抬起了一只手，把头发往后一拢。粉色的指甲油闪闪发亮，和白皙的胳膊相映生辉。两人的距离很近，但是并不亲密；他们之间原本可能出现的激情被打断了，不过仍然在奈德的血液里燃烧着：她如此动人，足以冲昏任何男人的头脑。

奈德盯着她。他从口袋里拿出了香烟和打火机，点燃了香烟，深深地吸了一口。打火机的火焰在他的手上晃动了一会儿，然后他啪的一声扣上打火机。尽管他试图掩藏情绪，但实际上他浑身的神经都在不安地躁动着。闷热的空气、房间里的沉寂，在钟表的嘀嗒声中更显凝重。

奈德不慌不忙地说："好吧。"

他停顿了一下，被迫清了清嗓子，又道："说吧。"

"说什么？"

"'拿上你的帽子，出去。'"

"拿上你的帽子，"伊芙冷冷地重复着，"出去。"

"我明白了。"他盯着香烟头，又吸着一口，然后喷出了烟雾，"你的良心不安了，是吗？"

这并非事实，但是其中也有一丁点儿事实的成分，足以让伊芙脸红。奈德懒洋洋地站在那里，装作在研究他的香烟头，其实正在严密地观察着伊芙的反应。

"告诉我，我的甜心，你从来没有感觉到不安吗？"

"为什么不安？"

"和罗斯家族一起生活。"

"奈德，你根本无法理解这些事情。"

"我不够'高雅'，对吗？不像街对面那个傻瓜那样？"

伊芙站了起来，整理了一下睡衣。她睡衣的腰部有一根粉色的缎带，总是会松开，现在她又一次把它系牢了。

"请你不要总是用受气包的语气说话，"她说，"那样你会更吸引人。"

"对了，还有一件事情。你跟他说话时的表达方式完全超出了我的承受范围。"

"是吗？"

"是的，确实如此。你是一个很聪明的女人。"

"谢谢。"

"可是，你跟托比·罗斯说话的时候，却好像一心要顺从他。哎呀呀，你的话真是滔滔不绝！'肖维演得很出色。'如果你继续这么表演下去，你也会变得和托比一样愚蠢。还是说，你就愿意这样？如果在成婚之前你就用这种语调和一个男人说话，成婚之后你会变成什么样子？"他柔声地说，"你就没有一丝不安吗？"

（"见鬼！"）

"怎么了？"奈德又吐出了一圈烟雾，探询地问，"你愿意听逆耳之言吗？"

"我不怕你。"

"说真的，你对罗斯家族有多少了解？"

"我们结婚之前，我对你有多少了解？既然说到这里，我又想到一个问题：在你认识我之前，你到底有怎样的生活经历？除了你很自私之外，我一无所知……"

"这倒是没错。"

"无耻之徒……"

"伊芙，我们现在要谈论的是罗斯家族。你到底看上了他们哪一点？就因为他们看起来很体面？"

"我当然想过体面的生活。每个女人都想这样。"

"啊哈！"

"亲爱的，你永远无法理解这种感情。实际上，我喜欢他们。我喜欢罗斯老妈和罗斯老爸，我喜欢托比、贾尼丝和本舅舅。他们都是非常友好的人。他们做事很正派，又不古板。他们是如此，"伊芙努力地想找出合适的词汇，"如此明智。"

"罗斯老爸也喜欢你的银行账户。"

"你怎么敢这么说！"

奈德停了下来，用手扶着前额。在那一刻，他就那么盯着她，伊芙确信那是一种真情的表达：一种她以前没有见过的表情，一种困惑、绝望，甚至是友善的表情。

"伊芙，"他突然说，"我不能让你这么做。"

"做什么？"

"我不能让你犯错误。"

奈德走到梳妆台边，把烟灰弹进了桌子上的玻璃托盘里。伊芙的身子变得僵硬了，瞪着他。根据她对奈德的了解，她知道奈德又有了鬼点子。奈德又点燃了一支烟，再次转过身，在整洁的金发下面，他光亮的前额上出现了细小的横纹。

"伊芙，我今天在董炯酒店了解到一些事情。"

"什么事情？"

"他们说罗斯老爸，"他吐出烟圈，朝窗户的方向努了努嘴道，"耳朵很背。不过，如果我猛地拉开窗帘，大声向他问好……"

一片沉寂。

伊芙的肠胃里感到一种不适，就像刚开始晕船的感觉。这种不适感迅速地扩展开来，甚至她的视线都模糊起来。一切都变得虚幻，闷热的房间里令人窒息的烟雾……她看到奈德的蓝眼睛正透过烟雾盯着她。她听到自己用一种细微而遥远的声音说：

"你不能用这种卑鄙的手段！"

"我不能吗？"

"不行！即使是你这样的恶棍也不行！"

"不过这算是卑鄙的手段吗？"奈德轻声说着，用手指向了伊芙，"你自己又干了些什么？你认为自己是无辜的，是吗？"

"是的！"

"我再对你说一遍：你就是诸多美德的化身，我就是通俗剧里的恶棍。虽然我是用钥匙开的门，但仍然可以算是闯进来的。"他举起了钥匙，"假如我真的挑起争执，大吵大闹呢？你究竟在害怕什么？"

伊芙觉得嘴唇发干。所有的事情都变得虚无缥缈；灯光刺眼地闪烁着，声音要晃动很久才能到达她的耳鼓。

"我是一个应该遭到鞭打的恶棍——前提条件是托比·罗斯有这个本事。你想把我赶走，不是吗？当然了，你那些忠实的朋友都了解你，只要你稍加解释，他们就都会相信你。太棒了！好啦！我向你保证，我不会否认你向他们叙述的遭遇。如果你真的这么鄙视、厌恶我，如果那些朋友真的像你说的那么伟大，你干吗不自己大声呼救，为什么要等我发出威胁？"

"奈德，我无法解释……"

"为什么不能解释？"

"因为你无法理解！"

"为什么无法理解？"

伊芙无助地伸出手臂，她已经无法用言语表达了。怎么可能仅用短短的几句话来解释人情世故？

"我只能告诉你一点，"伊芙说，她的语调还是很平静，但是眼泪已经涌到了眼眶里，"我宁肯死也不愿有人知道你今晚出现在我这里。"

奈德站在那里，看了她一会儿。

"上帝呀，你真的会这么做？"他转过身，迅速地走向窗户。

伊芙的第一个冲动是关上灯。她朝前冲了两步，差一点儿被睡衣绊倒——睡衣的腰带又松开了。她记不清楚自己是否曾朝着他尖叫。她跌跌撞撞跪到了梳妆台前的凳子上，伸手去摸上方的开关。她找到了开关，按了一下，摇晃着站起来。当房间终于再次陷入黑暗的时候，她欣慰得几乎要哭出声音来。

奈德是否真的打算朝街对面的莫瑞斯·罗斯爵士喊叫？即使在他目前的心境下，这仍然只是一种可能性。可是不管怎么说，这已经不重要了。

奈德猛地一扯，锦缎窗帘被拉开了，上方的木环叮当作响。他又掀开了钩丝窗帘，朝外面望过去，然后便停住了动作。

他死死地盯着街对面相距不到五十英尺的地方，即莫瑞斯·罗斯爵士亮着灯光的书房的窗户。那是两扇宽大的法式落地窗。窗户的外面是一个铺着石板、围着铁艺栏杆的小阳台，阳台的下面就是别墅的正门。

那两扇窗户半开着，铁制百叶窗并没有合上，窗帘也洞开着。

但是书房里的景象和他几分钟之前第一次望过去的时候不一样。

"奈德！"伊芙的语气变得更加惊恐。

没有回答。

"奈德！出了什么事情？！"

奈德只是伸手一指。

他们看到了一个中等大小的方形房间，四面墙边立着样式古怪的带玻璃门的古董展示柜。在成排的古董柜中间有一两个书架。透过那两扇窗户，他们能看到整个房间。房间的墙壁洁白无瑕，地面上铺着浅灰色的地毯，镶有金边、覆着织锦的家具光彩夺目。奈德第一次向对面张望的时候，只有桌上的台灯亮着。现在房间中央的枝形吊灯明晃晃地照亮了四周，让两名观察者清楚地看到了令他们难以承受的场景。

透过左手边的窗户，他们能看到莫瑞斯·罗斯爵士宽大而平坦的工作台靠在左手墙边。透过右手边的窗户，能看到右手边的墙上有一个白色的大理石壁炉。在书房的深处，也就是正对着他们的那面墙壁上，能够看到通向楼梯的房门。

在他们张望的那一刻，那扇房门正在缓缓地关上。

通过房门的转动，他们判断有一个人刚刚溜出了书房。伊芙的动作稍微慢了点儿，没有看清楚那个人的脸——这让她事后一直心惊肉跳。但是奈德看清楚了。

那个人藏在即将关闭的门后面，伸出了一只手——从将近五十英尺的距离外看，那似乎是一只很小的手——戴着一副棕色的手套。那只手碰到了墙上的电灯开关。一根蜷曲的手指按动了开关，关掉了房间中央的吊灯。然后那扇高大的、白色的房门缓缓地关闭了。他们都看到那扇门上有一个横置的金属把手，而不是那种常见的球形把手。

现在房间里只剩下那一盏台灯亮着，透过绿色的玻璃灯罩，台灯把微弱的灯光洒在宽大的工作台以及紧靠在旁边的转椅上。莫瑞斯爵士像往常一样坐在转椅里面，他们只能看到他的侧影。可是此刻他并没有举着放大镜，他再也没有机会举起放大镜了。

放大镜就放在桌面的吸墨纸上。在吸墨纸上，以及整个桌面上，都散落着某种被砸碎的东西的碎片。非常多的碎片，形状古怪的碎片。那些碎片闪烁着粉色的光芒，反射着灯光，就仿佛被一层浅粉色的雪覆盖着。碎片上似乎还带一些金色，也许还有其他颜色。但是他们很难辨别清楚颜色，因为上面溅着血迹，整张桌子甚至墙壁上都溅着血迹。

伊芙·尼尔站在那里，神情恍惚，恶心的感觉一直涌到喉咙，但是她仍然拒绝相信她所看到的东西。她站了多久？她事后根本不记得了。

"奈德，我好像要……"

"闭嘴！"

显然，莫瑞斯·罗斯爵士的头被人猛击了好几次，不过他们现在看不到凶器。爵士的膝盖顶在了工作台的敞口上，因此尸体没有从椅子上滑下去。他的头垂在胸口上，双手无力地垂在身子两边。鲜血顺着他的脸颊流了下来，一直流到了鼻子下边，就像一张彩绘面具，扣在他一动不动的脑袋上。

第 4 章

莫瑞斯·罗斯爵士就这么死了。他以前住在伦敦威斯敏斯特市的安妮女王门大街，最终定居在拉邦德莱特的昂志街。

在那段时间里，报界没有太多可供渲染的题材，但是有足够多的纸张需要印上字迹，于是莫瑞斯·罗斯的死讯在英国报纸上成了一件大事。可笑的是，在他被谋杀之前，并没有多少人认识他，更没有人知道他为什么得到了爵士的封号。可是转眼之间，关于他的所有事情都成了公众关注的焦点。人们发现他受封爵士是因为他以往参与的人道主义活动。他曾热心地参与消除贫民窟、改革监狱和维护海员利益的工作。

《名人录》上记载了他的个人兴趣爱好：收藏，探究人性。但他的性格其实并非如此简单，也正是这种人几年之后差一点儿毁掉了英国。尽管他大笔地捐赠，并且不断请求当局拨款开展慈善事业，但他自己却久居国外——为了避免缴纳高昂的个人所得税。他个子不高，微胖，耳朵很背，蓄着胡须，下巴上也有一点儿胡子，总是沉浸在自己的世界里。但是对于他自己的家人来说，他是一个和蔼可亲、讨人喜欢的老人，一个名副其实的老好人。

可悲的是，有人蓄意地、凶残地敲破了他的脑袋。在那个可怕的凌晨时分，在一扇面对着寂静街道的窗户前面，伊芙·尼尔和奈德·阿特伍德像两个被吓坏的孩子一样，愣愣地站在那里。

让伊芙无法忍受的是灯光照亮了血泊。她躲到了窗户旁边，一眼也不愿多看。

"奈德，赶紧离开那里！"

她的同伴没有回答。

"奈德，他不会真的……？"

"是真的，至少我这么认为。光凭目测还不敢肯定。"

"也许他只是受了伤。"

她的同伴再次陷入了沉默。看看这两个人，你会觉得男士要比女士更震惊。不过这很正常，因为他看到了一样她没有看到的东西："棕色手套"的面孔。他仍然在那里盯着对面亮着台灯的房间，心怦怦乱跳，嗓子像沙子一样干燥。

"我说，也许他只是受了伤！"

奈德清了一下嗓子。"你的意思是我们应该……"

"我们现在不能过去。"意识到形势的可怕之后，伊芙低声说，"即使我们想去，也不行。"

"是的。我——我想我们不能过去。"

"到底发生了什么事情？"

奈德想说话，但是没有发出声音。这种处境真是好得（还是糟糕得？）令人难以置信。他无法用言语来表达，只能用动作来解释。他就像木偶戏里面的木偶一样比划着：野蛮地拿起了一件看不见的武器，猛地砸了下去。两人的声音都变得异常沙哑。当他们低声说话的时候，那些字句瓮声瓮气，似乎在烟囱管道里回响了很久，随后又迅速地湮灭了。奈德再一次清了一下嗓子。

"你有什么能用来观察的工具吗？望远镜？或者观剧望远镜？"

"干吗？"

"别管我干吗。你到底有没有？"

望远镜。伊芙背靠着窗户旁边的墙壁，身子僵硬，试图集中精力思考望远镜的问题。望远镜……赛马。赛马……隆尚[1]的跑马场。就在几个星期之前，她曾经和罗斯一家一起去过隆尚。各种鲜艳的色彩和喧嚣的声音突然涌进了伊芙的脑海：清脆的铃声，骑师的彩色衣衫，从白色围栏里冲出来的骏马，头顶上的艳阳……莫瑞斯·罗斯戴着一顶灰色的帽子，一直举着双筒望远镜。像往常一样，本舅舅又下了赌注，然后输了钱。

伊芙不想猜测、也并不在乎为什么奈德想用望远镜。她在黑暗中踉跄地走向一个高脚橱，从最上层的抽屉里找出了一副放在皮套子里面的双筒望远镜，塞进了奈德的手里。

对面房间的中央吊灯已经彻底熄灭，那里面变得更加昏暗。但是当奈德调整了望远镜的焦距，透过右侧窗户仔细观察的时候，房间的那一部分还是清晰地跳到了他的眼前。

奈德能看到右手边的墙壁和壁炉。那是一个白色的大理石壁炉，上方的墙壁上挂着一个青铜的拿破仑圆雕像。现在是八月份，所以壁炉里面空空如也，壁炉前面是防火栏和一块小地毯。

---

1. 法国北部的一个市镇。

但是在壁炉格的旁边有一个架子，上面摆着带黄铜装饰的拨火铁具：铲子、钳子和拨火棍。

"如果那根拨火棍，"奈德说，"被用来……"

"用来干什么？"

"你自己看看。"

"我不看！"

伊芙瞬间感到惊恐，以为奈德要嘲笑她。但是此刻任何人都无法发笑，即使是奈德这样玩世不恭的人也不行。他脸色苍白，试图把双筒望远镜放回盒子里的时候，他的双手在颤抖。

"多么明智的一家人。"奈德看着对面房间里那个扑倒在古玩碎片中的死者，扬了扬下巴，冷嘲热讽地说，"我记得你说过，这是一个明智的家庭。"

伊芙感到喉头堵塞，几乎要把她憋死了。"难道你真的看到了那个人？"

"是的。我可以告诉你，我看到了。"

"窃贼袭击了他，你看清楚了？"

"我没有看到他袭击的那一幕。我望过去的时候，'棕色手套'已经干完了那卑鄙的勾当。"

"你看到了什么？"

"'棕色手套'杀完了人，正把拨火棍放回架子上。"

"如果你再次见到那个窃贼，你能认出他吗？"

"我希望你不要再用那个字眼。"

"什么字眼？"

"窃贼。"

就在这时，在街对面那个亮着台灯的房间里，房门再次被打开了。

不过这一次进来的人并没有鬼鬼祟祟的样子。房门被迅速地推开了，外面的人似乎毫不迟疑。在门洞里出现的人影不是别人，正是海伦娜·罗斯。

尽管灯光昏暗，但海伦娜的每一个动作都异常清晰，就好像她站在触手可及的地方，你甚至可以猜出她脑袋里的每一个想法。她推开门的时候，嘴唇在动。不管是出于单纯的猜测，还是对她口形的判断，或者是二者兼而有之——不管怎么说，两个观察者完全可以猜出她在说什么。

"莫瑞斯，你真的该去睡觉了！"

海伦娜（几乎没有人称呼她罗斯夫人）是一个中等身材的、结实的女人，一张圆脸，一头蓬松的银灰色头发。她裹着一件宽大而艳丽的东方样式的晨衣，两手被袖子掩住了，脚上的拖鞋清脆地敲打着地面。她在门口停了下来，又说了一句话，顺手打开了枝形吊灯的开关。然后她抱紧双臂，往前走了一步，去和一直背对着她的丈夫交谈。

海伦娜是一个近视眼，她一直走到了丈夫的身边。当她经过第一扇窗户时，她的影子投射到了街上。接着她消失了片刻，又出现在了第二扇窗户里。

在三十年的婚姻生涯中，海伦娜·罗斯很少表现出不安。因此当她开始后退并且尖叫的时候，她的样子更让人心惊肉跳。她毫不停歇地尖叫着，尖厉的声音打破了夜晚的寂静，一直传到了街上，几乎能惊醒这条街上每一个房间里的居民。

伊芙·尼尔轻轻地说："奈德，你必须离开这里。赶快！"

但是她的同伴并没有动。

伊芙攥住了他的胳膊。"海伦娜会来找我！她总是这样。而且警察马上就会来。用不了半分钟，到处都会是警察。如果你现在不走，我们就完蛋了！"她不停地晃动他的胳膊，声音变得痛苦异常，"奈德，难道你真的想照你刚才说的那样做？你要大喊大叫，让我们都暴露？"

奈德稍稍向前弯着身子，举起了双手，用修长而骨节分明的手指捂住了眼睛。

"我不想那样做。我刚才在发疯，别在意。我很抱歉。"

"那么请你赶快走吧。"

"好的。伊芙，我发誓我从来没有想过——"

"你的帽子在床上。给你。"她向前一扑，在鸭绒被上摸索着，"你必须自己摸黑下楼去。我不敢开灯。"

"为什么不敢？"

"因为伊薇特！我的新仆人！"

她的脑海里又出现了伊薇特的身影：一个上了岁数，行动迟缓，但是很机警、很能干的女人。伊薇特从来不多嘴，但是她的每一个动作似乎都有所指。甚至对待托比·罗斯，她的态度也很特别，令伊芙无法理解。对伊芙来说，伊薇特代表了一大群人：她们会不停地说，不停地说，不停地说……突然之间，伊芙想到一种可能性，也许有一天她会被迫到法庭上作证，会被迫说：

"莫瑞斯·罗斯爵士遇害的时候，我房间里有一个男人。不过，当然了，我们都是清白的。"

"当然，当然，当然！"会有人发出偷笑，然后就演化成哄堂大笑。

想到这里，伊芙大声地对奈德说："伊薇特就睡在楼上。她现在肯定醒了。尖叫声肯定惊醒了这条街上的所有人。"

实际上，尖叫声仍然没有停止。伊芙觉得难以忍受，几乎要发疯。她找到了帽子，扔给了奈德。

"告诉我，伊芙，难道你真的爱上了那个自命清高的讨厌鬼？"

"什么自命清高的讨厌鬼？"

"托比·罗斯。"

"哦，现在是讨论这件事情的时候吗？"

"一个人只要活着，"奈德回嘴说，"感情的事情就永远排在第一位。"

他仍然不肯离开。伊芙急得自己也要尖叫起来。她痉挛般地反复张开手掌又并拢——似乎她的意念能像实际动作一样把他推向房门。

在街对面，海伦娜的喊叫已经停歇了。耳鼓里是突如其来的寂静，让人不自觉地等着匆匆而来的脚步声，也就是警方的出现。伊芙飞快地朝窗外瞥了一眼，发现对面房间里有了新的进展。

海伦娜·罗斯的身边多出了两个人：她漂亮的女儿贾尼丝，还有她的兄弟本。他们跟跟跄跄地走进了房间，似乎都被灯光晃晕了。伊芙能看到贾尼丝的红头发，还有本舅舅那凝重、古板的面孔。零零星星的话语飘过了寂静的夜空，在街道的另一侧隐约可闻。

伊芙的身边传来了奈德的声音。

"镇定！"他急促地说，"别紧张，我看你自己也要歇斯底里了。你穿好衣服，别担心。他们看不到我。我会从后面溜走。"

"你走之前，把钥匙还给我。"

他茫然地扬起了眉毛，而她冲到了他跟前。

"别假装你不明白是怎么回事！你别想再留着前门的钥匙！请给我！"

"不行，亲爱的。我要留着这把钥匙。"

"你刚才说你很抱歉，对吗？在今晚陷我于如此困境之后，如果你还有一丝廉耻……"她觉得看到了他的一丝犹豫——他给别人惹上麻烦之后，总是会有这种懊恼的表情。"如果你还给我钥匙，也许我会——和你再见面。"

"你是当真的吗？"

"给我钥匙！"

作出许诺之后，伊芙立刻感到了懊恼。奈德慢慢地从钥匙环上摘下了钥匙，他的动作如此缓慢，似乎在故意拖延时间。伊芙嘴上这么说，其实却并不想和他再见面；不过她现在过于慌乱，不惜许下任何承诺。她接过钥匙，保险起见，她把钥匙放进了睡衣的前胸口袋里，然后催促他走向房门。

走廊一片寂静，也没有灯光。住在楼上的伊薇特显然还没有被惊醒。一丁点儿微光从一扇没有拉窗帘的窗户照了进来，奈德勉强能看到周围的环境，他摸索着走向楼梯顶端。但是伊芙的心头还有一个致命的问题要问。

伊芙这一生都在尽力避免不愉快的事情，她绝对不想和街对面的书房里发生的悲剧牵扯在一起。她努力不去想莫瑞斯·罗斯被一根拨火棍敲破脑袋的可怕场景，想要避开与此相关的不快和恐惧。但是这一次她躲不开了。这些事情很可能会把她卷进去。她不由自主地想到了市政厅上方巨大的钟表，那下面就是警察局。她也想到警察局长顾荣先生，想到了阴沉的早晨、断头台上的锋刃。

"奈德，那是一个窃贼，对吗？"

"可真滑稽。"奈德说了一句莫名其妙的话。

"怎么滑稽了？"

"我今天晚上进来的时候，这里黑得像个隧洞。我可以发誓，当时那扇窗户的窗帘是拉上的。"奈德指向了走廊后侧的窗户。他这么回想着，态度越来越肯定了："我在楼梯上绊了一下。就是那根压条。如果当时有一丝光线，我就不会绊倒。这到底是怎么回事？"

"奈德·阿特伍德，你不能这么敷衍我！是一个窃贼干的，对吗？"

他深深地吸了一口气。

"不对，我的宝贝。你很清楚不是窃贼。"

"我不相信你！不管你怎么说，我都不相信。"

"我的小天使，别冒傻气了。"他面无表情地说。

她看着奈德，他的眼睛在昏暗中似乎闪闪发亮。"我这辈子从来没有想过会保护弱者，不管是什么人。可是你，我的小妞……你……"

"我怎么啦？"

"你不应该被牵连进来，就这么回事。"

他们的面前是陡峭的弧形楼梯，一片黑暗。奈德死死地抓住了栏杆，似乎是要把它们拔出来。

"我一直在犹豫要不要告诉你。"他攥紧了拳头，用痛苦但清晰的语调说，"我讨厌和道德相关的事情，也不在乎和谁睡在一张床上。你瞧——我只是突然想到，我们的处境并不算什么新鲜事。我以前听说过类似的事情——发生在维多利亚时代，我听完之后笑得前仰后合。"

"你在胡说些什么？"

"你忘了吗？那是大概一百多年前的事情，一个叫什么威廉姆的爵士被他的男仆谋杀了。"

"可是可怜的莫瑞斯并没有什么男仆。"

"求你别这么抠字眼，宝贝。"奈德说，"我要把你放在膝盖上，打你的屁股。你没有听过那个趣闻吗？"

"没有。"

"在那场谋杀发生的时候，有一个人站在街对面的房子里，目睹了凶案。但是他无法出来作证，无法揭发凶手，因为他当时正在一个已婚女子的卧室里，那是他不应该出现的地方。后来他们逮捕了一个无辜的人，指控他谋杀。那个证人该怎么办？当然，那个故事是虚构的。在那桩案子里，凶手的身份相当明确。但是那故事经久不衰，因为它里面有让人们非常感兴趣的东西：那一对表面正派的维多利亚时代的男女处境尴尬，但是又必须遮掩。以前我总觉得那是非常可笑的处境，现在我可不这么认为了。"

停顿了一下之后，他又说："这种事情不可笑，一点儿也不可笑。"

"奈德，谁是凶手？是谁谋杀了他？"

她的同伴似乎仍然沉浸在对老问题的回忆当中，没有听到她对新麻烦的疑问。当然，也许他是故意不想听。

"如果我没有记错的话，有人按照这个故事写了一出戏剧。"

"奈德，看在上帝的分上，快告诉我！"

"不行，听我的！这很重要！"即使在黑暗中，她也能看到他的脸色发白。"在戏剧中，他们试图绕开难题。那可怜的傻瓜给警察写了一封匿名信，揭发了凶手，以为这样就万事大吉了。这当然解决不了任何问题。能避免麻烦的唯一方法就是到法庭上作证，指认真正的凶手。"

听到"法庭"这个凶险的字眼，伊芙再次抓住了奈德的胳膊。但是他示意她放心。他方才经已走下了一级台阶。现在他转过身，看着她。就像所有应该匆匆离去但是偏偏不肯走的人那样，他们都压低了声音——声音越来越低，但是语调越来越急促。

"别担心。你不会被牵扯进来的。我会处理好一切。"

"你不会告诉警察吧？"

"我不会告诉任何人。"

"但是你可以告诉我。是谁干的？"

他推开了她的手，又往下走了一步。他是倒着走的，左手扶着栏杆。他的脸呈一片蒙眬的白色，里面露出一排闪亮的牙齿。

那张脸正在逐渐远去，隐入昏暗当中。

伊芙的脑海里闪过一个可怕的念头：一个只有极度慌乱的头脑才会胡思乱想的问题。

"不对。"奈德有一种本领，能够看穿她的心思。他纠正说："别胡乱猜测。凶手并不是那个家庭的成员，你不必头疼。"

"你可以发誓吗？"

"是的。"奈德回答，"我完全可以发誓。"

"你是不是想要折磨我？"

奈德异常轻柔地说："正相反，我想用柔软的羊毛把你包裹起来。你不应该受到伤害。所有喜欢你的男人都应该这么做。不过，我的老天哪！你的年龄已经不小，应该也有一点儿社会经验，但你为什么还像天真无知的小姑娘一样对这个世界抱着简单而美好的幻想！"他深深地吸了口气，"其实，你早晚都会知道的。"

"快告诉我，求你了！"

"我们第一次望向街对面的时候……你还记得吗？"

尽管她反复试图忘记，那个画面却总是会回到她的脑海里。在奈德的注视下，她仿佛再次看到了左手墙边宽大的工作台，看到罗斯老爸举着放大镜，翘着胡子。在他的脑袋被打破之前，伊芙曾经无数次看到过这样的场景。渐渐地，她的视线中出现了阴影，画面变得模糊了。

"我们第一次朝那边张望的时候，我说我认为房间里还有其他人。但是我看不清楚是谁。"

"然后呢？"

"但是第二次，当所有灯都亮着的时候……"

伊芙跟着他往下迈了一级台阶。她本来没有想过要抓住他，猛地把他推下去，但是一阵突如其来的尖厉的警笛声让她慌了神。

在外面的街道上，警笛响个不停，正大声地宣告发生了谋杀，召唤附近的所有警员去追捕并不存在的夜贼。警笛声从窗户钻了进来，听得真真切切。出于一时惊慌，伊芙下意识地想催促奈德赶紧下楼：她要把他赶走，用一个切实的动作把他赶出房子，好让自己脱离危险。她的手扶在奈德的肩膀上，向前一推。

奈德甚至来不及喊叫。他本来就没有站太稳，后背朝向楼梯井，脚后跟踩在台阶的边缘上，左手轻轻地扶着栏杆。被这么一推，他彻底失去了平衡，晃悠着，愤怒地嘟囔了一声，又后退了一步——完全踩在了下面一级松了的压条上。在他即将摔倒的那一瞬，她看到了他脸上愚蠢而惊愕的表情。

第 5 章

想想看，如果一个有血有肉的大活人从十六级陡峭的楼梯上跌跌撞撞地摔下来，最后脑袋撞在台阶底部的墙壁上，这么惊天动地的事情肯定能让整个房子摇晃几下。

可是实际上，伊芙事后记得并没有太大的声音。也许是因为她太紧张了，也许是因为实际的声音比她预料的要小得多，以至于她的神经出现了错觉。在她自己看来，奈德刚刚摔下去似乎还不到一秒钟的时间，她就已经跑到了楼梯底部，气喘吁吁地俯身察看奈德的情况。

伊芙并不想伤害奈德。她是一个漂亮的、好心的女人，不仅举止温文尔雅，而且性感得有些过头。理论上说，不管她做了什么，都不应该有人怀疑她有任何邪恶的动机。她当然很清楚，丑闻一直让她惴惴不安；但是她从来没有仔细分析过为什么丑闻总是在她的裙边乱转。那些丑闻好像总是碰巧从天而降到她身上。

伊芙从慌乱中清醒了过来。她深信自己已经意外地杀死了奈德·阿特伍德。楼梯下面的大厅过于昏暗，害得她绊倒在了奈德的身上。噩梦似乎总是以这样的情节收场：她大概应该猛地拉开前门，请求警察进来终结这一切。但是那具"尸体"动了一下，发出了声音；伊芙松了一口气，几乎要哭出声来。

"你想干什么？你为什么推我？"

她松了口气，有点儿晕船的感觉。

"你能站起来吗？你伤到了吗？"

"没有，我当然没有受伤。不过我摔得不轻。我说，你到底怎么啦？"

"嘘！"

他用手和膝盖撑起身子，晃悠了一会儿，最后终于站了起来。他的声音听起来还算正常，只是有些虚弱。伊芙扶着他的身子，试图帮助他站稳。她的手触到他的脸和头发，突然感觉到了一些又湿又黏的东西——血，她立刻收回了手。

"你受伤了！"

"胡说！只是摔了一下，没事。不过我觉得有点儿别扭，肩膀有点儿别扭。哎呀，这一下摔得真狠。我说，你到底为什么推我？"

"你的脸上有血！你有没有火柴？或者打火机？快照一照！"

短暂的寂静之后，他说："是我的鼻子在流血，我能够感觉出来。鼻子也不对劲，不过还好，似乎没有被撞到。我有一个打火机，给你。"

打火机上跳出了小小的火焰。在奈德摸索手帕的时候，伊芙把打火机举到他的脸前，仔细地察看着。他的头发乱七八糟，身上满是尘土，但是除此以外似乎没有大碍。他的鼻子在流血，伊芙也注意到了自己手上的血迹，感到一阵恶心。但是他很快止住了鼻血，把手帕放回了口袋里。他拾起被压扁的帽子，掸了掸尘土，然后戴上了。

奈德的脸色有些阴沉，还夹杂着疑惑。他舔了几次嘴唇，咽着唾沫，似乎在试图习惯一种从未尝过的味道。他不停地摇着头，试着晃动肩膀；脸色异常苍白，一双蓝眼睛空洞无神，好像正在集中精力思考。

"你确信没事吗？"

"我很好，谢谢。"他从她手上抢过打火机，熄灭了小小的火苗。这动作又让伊芙回想起了他以往那可怕的暴脾气。"真奇怪。非常奇怪。现在你打算谋杀我了，看在上帝的分上，你能放我出去吗？"

好了。他又恢复成了以往的奈德·阿特伍德——让她惊恐万状的幽灵。在那一刻，她甚至认为……

两个人默不作声，轻手轻脚地走向厨房的后门。伊芙打开了弹簧锁。外面是几级石头台阶，通向一个被高墙环绕着的朴素的小花园。围墙上有一扇后门，通向一条小巷，顺着小巷就能转到赌场大道上。

在一片寂静当中，厨房后门的吱嘎声清晰可闻。花园里弥漫着青草的潮湿气息和玫瑰花的香味，空气温暖而慵懒，给人一种昏昏欲睡的感觉。从房顶上望过去，可以看到远处灯塔的光芒，每隔二十秒都会明灭一次。他们在通向花园的台阶上站了一会儿。伊芙现在能听到从昂志街上传来的隐约的人声，很显然，警察已经赶到了。

她凑到了他的耳边，急速地低语道："奈德，等一下。你必须告诉我是谁……"

※

"晚安。"阿特伍德先生彬彬有礼地说。

他俯下身，敷衍地匆匆亲吻了一下她的嘴唇。她再次感到了淡淡的鲜血的味道。他用手碰了碰帽子，向她致意，然后转过身，略显蹒跚地走下台阶，接着却又步伐稳健地走到了花园后门。

伊芙浑身都燃烧着恐惧和激动，急切地想要大喊大叫，却又不敢在他后面喊出声来。她跑下台阶，睡衣的腰带又松了，她紧张得手忙脚乱，但他根本没有注意到。就是在这样的慌乱之下，她忽略了厨房后门所发出的轻轻的一响。

她暗想，只要他离开了房子，危机就过去了，她就能顺畅地呼吸，就能摆脱这种难熬的、怕被人发现的恐惧。

但是事情并没有像她想象的那样恢复正常。伊芙隐约感到了一种莫名的恐惧，她不确定这种恐惧缘何而来，应该还是和奈德·阿特伍德相关。奈德不再是她所熟悉的那个嘻嘻哈哈、懒洋洋的人了，他似乎被某种魔法变成了一个彬彬有礼的陌生人，有点儿冷漠，还有点儿让人畏惧。当然啦，明天早晨他就会恢复原来的样子。但是明天早晨的时候……

伊芙深深地吸了口气，轻手轻脚地沿台阶向上走。她伸手去推厨房后门，一下子惊得呆若木鸡：房门已经被关上了，现在弹簧锁已经从内侧锁住了。

这个世界上的每一个人也许都会在某一天莫名其妙诸事不顺。女人遇到这种情况的概率更大。也许那种灾难的开场并不明显，只是一大早把要煎的鸡蛋失手打碎了，但却足够让一个女人心烦。然后她会在客厅里碰翻什么东西，紧接着就是一连串的灾难，各种各样家庭内部的麻烦就像冬眠的蛇一样会突然醒来，猛咬一口，甚至连那些没有生命的东西似乎都被恶魔附了身。她既懊恼又气愤，却无从发泄，只能倍感困惑地问："我到底做了什么，要遭到这样的报应？"

伊芙愤怒地拽后门门把手的时候，心里就是这种感觉。

可是……

房门怎么会自己关上了呢？

今晚并没有过堂风。尽管夜里比她想象的要寒冷，但是明亮的星空下并没有起风，花园里的树木也没有摇动枝条。

现在这些都不重要。如果某些恶毒的星座守护神下定决心要让她此时此刻遭受重重磨难，问再多的问题也没有用。事情已经发生了，就在她的眼前。现在她面临的问题是，如何回到房子里？警察随时都会来找她。

用力地敲门？

惊醒伊薇特？伊芙的脑海里又浮现出了伊薇特的面孔：一张严厉的、没有表情的面孔，两只黑色的小眼睛闪闪发亮，两道眉毛几乎要聚拢在一起——像是掉了毛的皮草。伊芙的心中升起了一股厌恶的感觉，甚至可以说是愤怒。她不得不承认：尽管她完全不明白为什么，她就是害怕伊薇特。可是怎么才能回到房子里？从窗户进都不可行：每天晚上，房子一楼的窗户都从内侧被锁住了，百叶窗也都紧闭着。

伊芙用手扶住额头，却再一次意识到自己手上还有又湿又黏的鲜血，于是急忙又把手拿开。她身上的睡衣肯定很不像样子，她想看看上面是不是沾上了血，但是灯光太昏暗了。她用还算干净的左手在睡衣上摸索着，突然在前胸口袋里摸到了奈德的那把前门钥匙。

此时此刻，她脑海里有一个声音在大喊："街上布满了警察！你不可能绕到前门去！"可是另一个声音在低声地说："不管怎么说，别墅的石头墙壁可以作为掩护，街上的人应该看不到她。她可以小心地绕到房子的前面；如果不弄出任何声音，她也许可以悄悄地从前门飞快溜进房子里。"

伊芙犹豫了一阵。随着时间一秒一秒地过去，她越来越觉得处境危急，最后终于下定了决心。她紧贴着墙壁，向前面跑去。当她气喘吁吁地冲进前院的花园时，却迎面看到了托比·罗斯。

当然，他并没有看到她。这是她今天唯一一件走运的事情。

正像她预料的那样，他们正在寻找她。托比在睡衣外面套了一件长雨衣；他已经穿过了街道，正把手放在米哈玛别墅外墙的铁门上。

临街的外墙大概有九英尺高，入口是一个拱形的铁艺栅栏门。街道上有几根高高的灯柱，昏暗的灯光照在栗子树的枝条上，反射出鬼魅般的绿光；树影下，伊芙的花园一片黑暗，但是路灯照亮了铁门外托比的身影。昂志街上并没有像她所想象的那样布满警察。实际上，正是一个爱管闲事的警员帮助伊芙躲过了被发现的窘境。当托比正要推开铁门的时候，他身后传来了一个激动的声音，如一记惊雷炸响。

"站住，年轻人！"那个人大声喊道，"你想干什么？你想偷偷溜走对吗？对吗，对吗，对吗？"

那个人说出的每一声"对吗"都更加急迫，紧接着是从街对面跑来时咚咚的脚步声。

托比转过身，摊开了双手，用法语作出回答。托比的法语很流利，但是带有浓重的口音——伊芙一直怀疑他是故意加上了口音，以便表明他决不向讨厌的外国人妥协。

"我只是要，"他大声地说，"去尼尔太太的房子里面看看。就是这一家！"他敲了敲铁门。

"不行，先生。你不能离开自己的房子。请你回去。快呀，快呀，快呀！"

"可是，我告诉过你啦——"

"请回去，别做什么傻事，拜托！"

托比做了一个无奈又恼火的手势。伊芙看见他在路灯下猛地转过身。透过铁栅栏，她看到托比平日友善的面孔、修剪整齐的胡须和蓬松的棕色头发都变了样，因为情绪过于激动，他绷紧了脸，似乎满腹疑虑。托比举起了拳头。任何人都能看得出来他正在承受巨大的痛苦，至少伊芙能清楚地感觉到这一点。

"警官先生，"他很客气地说（其实法语中的"警官先生"通常仅指普通警员），"我想你还记得我母亲吧？她在楼上，整个人都陷入了歇斯底里的状态。你刚才见过她了。"

"啊！"执法者说。

"她希望我去找尼尔太太。只有尼尔太太能帮到她。再说，我并不是要悄悄地溜走，我只是想进这栋房子。"他又开始敲栅栏门。

"你哪儿也不能去，先生。"

"我父亲死了……"

"这里发生了谋杀案，是我的责任吗？"执法者不留情面地说，"拉邦德莱特发生了谋杀！真是闻所未闻！顾荣先生会怎么说，我真的无法想象！在赌场里有人自杀就已经够瞧的了。可是这一次！"那个沙哑的声音突然变得绝望，"哦，我的上帝呀，又来了一位！"

引起他痛苦不安的是街对面传来的另一阵脚步声，这一次声音轻盈但急促。穿着鲜红色睡衣的贾尼丝·罗斯来到了两人的身边。她蓬松的浅红色头发扎成了马尾，和睡衣的颜色以及她俏丽脸颊上的苍白形成了鲜明的对比。二十三岁的贾尼丝身材矮小、圆胖，平时衣着整洁，健壮而果敢，有一种十八世纪女孩的风度，有时候也会表现出来十八世纪女孩的娴静端庄。但现在她显得惊慌失措，勉强压抑惊恐。

"怎么回事？"她朝托比嚷道，"伊芙在哪里？你干吗站在这儿？"

"因为这个死脑筋说……"

"这就把你拦住了？要是我就不会这样。"

那名执法者显然听得懂英语。就在贾尼丝透过栅栏向里面张望时——其实她的面前就是伊芙，当然，她看不清楚——突然又响起了一阵尖厉的警笛声，吓得他们都头皮发炸。

"我在召唤帮手。"执法者严厉地说，"好了，先生！好了，小姐！请你们乖乖地跟我回去，还是说你们愿意被押回去？"

那个警员走了两步，跃入了伊芙的视野，他正拉着托比的胳膊。他从大衣下面掏出了一根短短的白色硬橡胶警棍，在手上来回颠着。

"先生！"他的声音里有一丝忧郁，"我很遗憾！我并不想这么做。看到你父亲这样，我相信你肯定很难过。"

托比用手捂住了脸。贾尼丝突然转过身，朝着他们自己的房子跑了回去。

"可是我必须执行命令！请跟我走吧！"警员的声音显得空洞，但是其中不乏哄人动情的说服力，"别担心，不会太久的。再过一刻钟，我的上司就会赶到这里。仅仅一刻钟！然后你就能去找她，绝对没问题。怎样？现在，请你……"

"好吧。"托比沮丧地说。

警员松开了托比的胳膊。在转身离开之前，托比又看了一眼米哈玛别墅。他身材结实，面庞方正，穿着一件不太合身的长雨衣。此刻他说出了一句令人惊诧的话，似乎已经完全昏了头。他的感情过于强烈，连说话的声音听起来都极具戏剧性。

"全世界最动人、最温柔的女人！"他说。

"你说什么？"

"尼尔太太。"托比一边解释一边伸手一指。

"啊！"执法者探过身子，瞥了一眼这位女神的房子。

"她与众不同。"托比说,"从来没有哪个女人能比得上她。她高贵、纯洁、温柔……"他哽住了,努力地控制着自己的情绪,甚至连伊芙都能感觉得到他所作出的努力。"如果你不让我进去,"他用通红的眼睛看着铁门,又用法语补充说,"我想给她打个电话,没有问题吧?"

"先生,我得到的命令当中没有提及电话。"执法者稍稍停顿一下,回答道,"是的,你可以打电话。放心,没有必要这么慌张!"

又是电话。

伊芙祈祷着,希望那个警员赶紧走开,不要站在门口向她的花园张望。在托比·罗斯来电话的时候,她必须赶到电话机旁边。她从来没有意识到托比会把她如此理想化。如果托比当着她的面说这些动听的蠢话,她可能会给他一个耳光。可是托比的表白又让她有点儿心酸,这是一种从未有过的古怪的感觉。一方面她焦急万分;另一方面她的女性本能又促使她再次发誓——不惜任何代价也不能让托比知道今天晚上发生的插曲,这种带有自我牺牲精神的想法令她亢奋不已。

那个警员推开了铁栅栏门,探头朝里面张望了一下——伊芙屏住了呼吸好几秒钟——似乎并没有发现什么异样。伊芙听到他的脚步声穿过了街道。街对面房子的房门砰的一声关上了。伊芙低着头,匆匆地跑向自己家的前门。

伊芙依稀觉得身上的睡衣在随风飘摆,她的腰带又松开了,不过她并没有在意。她现在离前门只有几步远了。但是对她来说,那短短的距离就像是永无止境的、坠于虚无中的挣扎——她随时都可能被抓住，可能当场毙命。甚至连把钥匙插进锁里也仿佛漫长无期，锁眼似乎故意要躲开她，钥匙的凸缘发出了刺耳的声音，却始终不肯转动。

终于，伊芙进入了自己的房子，被温暖的黑暗所包围。房门关闭的时候发出了轻微的一响，让她远离了恶魔。她成功了，而且她认为——这是真的——没有人看到她。伊芙的心怦怦乱跳，她再次感到了手上黏湿的血迹，脑袋似乎也迟钝了起来。她在黑暗中微微弯腰，试图喘匀气息，让自己平静下来，以便能理智地和托比说话。这时，电话铃声响了起来。

现在她用不着害怕了。她对自己说，所有的事情都会恢复正常的。当然了，所有的事情都会恢复正常，也应该恢复正常。她裹紧了睡衣，轻手轻脚地上楼去接电话。

第6章

仅仅一个星期之后，也就是九月一日，星期一的下午，阿瑞斯泰德·顾荣先生和他的朋友德尔摩特·肯霍斯医生坐在了董炯酒店的露台上。

顾荣先生做了一个鬼脸。

"我们已经安排好了。"他一边搅动咖啡一边低声说，"我们打算逮捕伊芙·尼尔太太，指控她谋杀了莫瑞斯·罗斯爵士。"

"你所掌握的证据都确凿吗？"

"很不幸，在证据上没有任何疑问。"

德尔摩特·肯霍斯医生打了一个冷战。"难道她会被……？"

顾荣先生想了想。"不会的。"他眯起了眼睛，仿佛正在仔细观察天平上的刻度，"我相信不大可能。她的脖子很柔软、很漂亮。"

"那么会怎么样？"

"很可能是在某个小岛上被关十五年。如果她找一个聪明的律师，好好地利用她的魅力，那她可能只需要坐十年的牢，甚至只坐五年。当然啦，你也知道，在岛上只待五年也并不轻松。"

"千真万确。这位伊芙·尼尔太太有什么想法？"

顾荣先生不安地动了动身子。

"亲爱的医生,"他说着把小勺从咖啡杯里拿了出来,放在茶托上,"最糟糕的就是这一点!那位迷人的女士以为她已经逃脱了。她甚至认为自己根本没有受到怀疑!所以这件烦人的工作就落在了我的头上,要由我去通知她……"

警察局长感到不快,而且他有理由感到不快。在拉邦德莱特极少出现谋杀,而谋杀总是让他感到难过。顾荣先生是一个生活安逸的人,他和蔼可亲,举止像一只猫,衣服的扣眼上总是别着一枝白玫瑰。警察局长的工作内容和普通警员的完全不同:顾荣先生通常只是主持拉邦德莱特的各种典礼。不过,他也是一个聪明人。

顾荣先生的椅子周围就是他的管辖范围。在午后的阳光下,洁白的森林大道上的汽车和敞篷马车都闪闪发亮。他的头顶就是董炯酒店的正面,带有橘红色和黑色条纹的遮阳篷保护着露台,使其免受阳光的直射。露台上摆着一些小桌子,客人并不多。顾荣先生略微凸出的眼睛牢牢地盯着他的客人。

"是啊,这位伊芙·尼尔太太很不幸!"他又补充说,"似乎有什么东西让她心虚。只要一看到罗斯家族的人,她就像变了一个人。我猜测,也许这就是良心的谴责?还有什么其他可能呢?再说,证据已经很明显了……"

"可是你还是觉得不满意。"德尔摩特·肯霍斯用优雅的法语说。

顾荣先生眯起了眼睛。

"你真是太聪明了。"他不得不承认,"坦率地说,我确实不满意，我一点儿都不满意。因此我想请你帮个忙。"

德尔摩特温和地一笑。

这位医生有一个与众不同之处：在一群人当中，你会立刻注意到他，并且相信他是一个非常有趣的人，一个值得结交的人，但是你又很难说清这是为什么。也许只是因为他的脸上神色宽容，让你相信他和你是同类，能理解你。他的面孔久经风霜，和蔼可亲，若有所思；额头上有一些皱纹，一双黑眼睛总是心不在焉的样子。他有一头浓密的黑发，还没有染上白霜。除非从一个特定的角度看过去，否则你可能永远也猜不到他的半边脸做过整容手术——他曾经在阿拉斯[1]被弹片击中。你能在他的脸上看到风趣和睿智——绝无轻率浮躁的感觉；但是在必要的时候，那张脸也会显露出坚毅和果敢。

他正在吸烟，肘边放着一杯威士忌苏打。尽管他现在就像在度假，但是他一生中还从来没有享受过假期。

"继续说。"他道。

警察局长压低了声音。

"我想你会说，他们是绝配。我是指伊芙·尼尔太太和罗斯先生……他们都叫他托比，但他的真名是霍拉肖·罗斯。他们是绝配，而且家财万贯。真是一段激动人心的恋情。"

"世界上根本没有什么激动人心的恋情。"德尔摩特·肯霍斯说道，"大自然制定的规则很简单，如果 A 没有遇到 B，他和 C 在一起也会同样开心。"

---

1. 法国北部城市，在两次世界大战中都是重要的战场。

顾荣先生礼貌地看着他，似乎并不赞同。"你这么认为，医生？"

"我认为这是客观规律。"

"我猜你从没有见过伊芙·尼尔太太？"顾荣先生保持着礼貌而怀疑的态度。

"我确实没有见过她，"德尔摩特先生笑着说，"但我是否见过某位女士并不可能改变一个客观规律。"

"哈，好吧！"顾荣先生叹了口气，然后开始谈正事，"在一个星期之前的晚上，昂志街的布洛尔[1]别墅里发生了命案。当时房子里住着莫瑞斯·罗斯爵士，他的夫人海伦娜，女儿贾尼丝，儿子霍拉肖，也就是托比，以及他的小舅子本佳漫·菲利普。除此之外，还有两名仆人。

"在晚上八点的时候，尼尔太太和罗斯家的人都去看戏剧了——除了莫瑞斯爵士；莫瑞斯爵士拒绝去看戏。他当时的情绪似乎很古怪——请注意这一点！——他自从下午散步回来之后就是这种状态。可是后来他的情绪又变了。在八点半的时候，他的朋友维伊先生给他打来电话，此人是哈普街上的艺术品商人。维伊先生声称他刚刚得到了一件宝贝，一件能给莫瑞斯爵士的藏品增添光彩的宝贝，并提议说把这件宝贝送到布洛尔别墅，让莫瑞斯爵士立刻鉴定一下。实际上他的确送来了。"

顾荣先生停顿了一下。德尔摩特·肯霍斯医生吐出了烟雾，看着它在雨后温暖而慵懒的空气中缓缓升腾。

---

1. 法文为"bonheur"，意为"幸福"。

"到底是什么宝贝？"他问道。

"是一个鼻烟盒。"顾荣先生回答说，"据说是属于拿破仑皇帝的。"

警察局长似乎很困惑。

"当维伊先生后来告诉我这件收藏品的价格时，我真的无法相信。"他继续说，"真是太荒唐了！居然有人肯花这么多钱！当然啦，这个鼻烟盒有历史价值……"他狡黠地停顿了一下，"顺便问一句，我猜拿破仑皇帝真的用过鼻烟盒吧？"

德尔摩特笑了起来。

"老兄，"他说，"难道你没有在英国舞台上看到过关于拿破仑的戏剧吗？用不了五分钟，那些演员就会掏出一个鼻烟盒，每说三句话就会向舞台上撒鼻烟盒里的东西。即使是历史文献也能证明拿破仑身上总有鼻烟屑。"

顾荣先生皱着眉头。

"这件艺术品的真伪似乎没有问题。"他换了个话题，"可是它的实际价值……"他喝了一口咖啡，转着眼睛，"我想想，它是用透明的玫红色玛瑙制成的，上面裹着金丝，还镶嵌着细小的钻石，形状很奇特，等你看到了就会明白。这件艺术品还有书面的鉴定书，证明它是真品。

"莫瑞斯爵士异常兴奋。他似乎非常喜欢收集拿破仑的遗物。他当场就决定要买下，要求维伊先生把鼻烟盒留下，声称自己第二天早晨会送去一张支票。顺便说一句，罗斯家一直没有付这笔账，维伊先生急得发疯——我很同情他。

"我刚才已经说过了，那天晚上尼尔太太和罗斯家的其他成员一起去了剧院。他们看的是一出英国戏剧：《华伦夫人的职业》[1]。他们在大约十一点回到家，然后分开了。当时，年轻的托比先生把尼尔太太送到了米哈玛别墅门口，然后才离开。对了，事后区检察官向托比先生询问过这件事情："先生，在你和她告别的时候，你是否亲吻了她？"那个年轻人气鼓鼓地、义正词严地说："先生，这不关你的事。"区检察官觉得非常可疑，猜测他们发生过争执。但是似乎并没有这么回事。"

顾荣先生再次犹豫了一下。

"罗斯家族的成员回到了自家别墅。他们刚一进门，莫瑞斯爵士就从楼上冲了下来，向他们展示那件放在一个绿色和金色相间的小盒子里的珍宝。他们对此都没有什么兴趣，除了贾尼丝小姐——她说那是一件很漂亮的收藏品。罗斯夫人认为这完全是浪费钱财。莫瑞斯爵士很不高兴，声称要上楼去，在书房里清静一下。然后其他家人都去睡觉了。但是很显然，他们当中有两个人无法入睡。"

顾荣先生欠过身子，轻轻地敲着桌子。他太专注于叙述案情，都没有注意到他的咖啡已经凉了。

"霍拉肖先生，也就是托比，承认他在凌晨一点起了床，给伊芙·尼尔太太打了个电话。'啊！'那位区检察官说，'显然你正受着恋情的煎熬？'霍拉肖先生闻言脸色变了，声称他没有受到任何煎熬。这确实算不上一条线索！不过从他的态度能猜到不少东西。这很有意思，你觉得呢？"

---

1. 萧伯纳的剧作，创作于 1893 年。

"那也不一定。"德尔摩特说。

顾荣先生眨了眨眼睛。

"你不同意吗？"

"先别管这个，请继续说。"

"接下来！他下楼去打了电话，然后上楼，回去睡觉。房子里一片黑暗。他没有听到任何声音。他看到父亲书房的门下面露出了灯光，但是他没有进去打搅。

"与此同时，罗斯夫人也无法入睡。这笔关于鼻烟盒的交易并没有让她过度烦恼或生气，但是让她有些不安心。她睡不着。凌晨一点十五分——请留意这个时间！——她起了床，去了丈夫的书房。按照她自己的说法，请求他赶紧睡觉只是一个借口，实际上她是想去温和地劝一劝丈夫——还是为了那个昂贵的玫红色玛瑙制品。"

顾荣先生像演员一样提高音调，声音有些尖锐。

"就这么回事！"他突然打了个响指，"她发现莫瑞斯爵士趴在桌子上，死了。他的头被人重击了九次，凶器是房间另一侧炉具架上的一根拨火棍。他遇害前一直背对着房门的方向，趴在桌子上写关于鼻烟盒的描述。我们后来在桌子上找到了他写下的东西。这还没完！也许只是意外，也许是故意的，总之凶手的某一次重击落在了玛瑙鼻烟盒上，把它砸得粉碎。"

德尔摩特吹了一声口哨。

"夺去那个老头的命还不够，"顾荣先生说，"凶手还一定要毁掉他的宝贝。当然了，我再重申一次，也有可能是纯粹的意外。"

德尔摩特似乎越来越忧虑。"如果你的目标是打碎一个人的脑袋，"他回应说，"那么你很难击中受害者面前桌子上的一个鼻烟盒。当然啦，除非……"

"亲爱的医生，你想说什么？"

"没什么。请继续说。"

顾荣先生本来已经半欠起了身子，把手聚拢到耳边，似乎正在期待金玉良言，一双微凸的眼睛也死死地盯着德尔摩特·肯霍斯医生。但是他很快又坐了回去。

"这桩谋杀，"顾荣先生继续说，"非常凶残，几乎是毫无意义的。表面上看来，像是一个疯子的行径……"

"不可能。"德尔摩特有些气恼地说，"我认为正相反，这是一桩特色鲜明的谋杀案。"

"特色鲜明？"

"在同类案件中，确实非常有代表性。请原谅我打断了你，请继续说。"

"什么东西都没有丢，"顾荣先生说，"也没有窃贼进入的痕迹。凶手显然很熟悉这栋房子，他知道在壁炉旁边挂着一根拨火棍，甚至还知道那位老人耳朵很背——他可以放心地从后面偷袭。这个罗斯家族看起来是非常美满的一家子——甚至符合法国人的标准。我向你保证！他们都表现出了非常合理的疑惑和惊骇。"

"然后呢？"

"他们去找了伊芙·尼尔太太。他们都喜欢那位太太。有人告诉我说，在刚刚发现尸体之后，托比先生和贾尼丝小姐就都曾经执意要去找她。站岗的警员拦住了两人，说在警长到达之前他们不能离开房子。我还听说贾尼丝小姐后来再次偷偷地溜出了房子。不过显然她没有见到尼尔太太。

"然后警长到了。很好！警长盘问了他们。很好！他们要求见伊芙·尼尔太太。警长同意派一个人到街对面把她找来。执行这个命令的正是方才在街上拦住他们的那名警员。幸运的是，他带了手电筒。尼尔太太的房子就在正对面，后来的事，我想你已经知道了？"

"是的。"德尔摩特承认道。

"这名警员，"顾荣先生把两个胖胖的胳膊肘拄在了桌子上，皱紧眉头道，"推开了尼尔太太家的栅栏门，顺着小路向前走。就在前门外的小路上，他发现了……"

"发现了什么？"鉴于顾荣先生停了下来，德尔摩特先生追问道。

"一条粉色的缎带，就是女人经常系在睡衣上的那种腰带。而且上面染上了一点儿血迹。"

"我明白了。"

又是一阵沉寂。

"不过这名警员很机灵。他把缎带放进了口袋里，什么都没有说，然后按响了门铃。两个惊魂未定的女人即刻开了门。她们的名字是，"顾荣先生掏出了一个小小的记事本，举起来，眯着眼睛看了看，"伊薇特·拉图尔，尼尔太太的女仆。还有塞纳斯蒂娜·布塞尔，她是厨娘。

"这两个女人在黑暗中低声跟警员说话，还将手指竖在唇上，示意警员不要出声。她们把他带到楼下的一个房间，把看到的情况详细告诉了他。

"伊薇特·拉图尔说她被吵闹声惊醒了。她从床上爬了起来，看到尼尔太太正悄悄溜回房子里。伊薇特有些惊恐（其实她是一个非常胆大的女人），便叫醒了厨娘塞纳斯蒂娜·布塞尔。两人蹑手蹑脚地下了楼，偷偷地向尼尔太太的卧室里张望。她们看到尼尔太太在一间有很多镜子的浴室里，头发蓬乱，喘着粗气，正在洗去手上和脸上的血迹。然后她试图擦洗一件白色锦缎睡衣上面的血点，而且那件睡衣上少了一条腰带。"

顾荣先生迅速地回头瞥了一眼。

现在董炯酒店的露台上出现了更多的客人。太阳已经沉到了森林大道另一侧的松树林里面，余晖洒落在人们身上。

德尔摩特·肯霍斯暗想，这太生动了，几乎让人难以置信：女主人鬼鬼祟祟，女仆在外面偷窥，浴室满墙的镜子反射出女主人惊恐的面庞。这种画面符合警察头脑中的邪恶场景，也符合他自己头脑中对人性的分析。在那一刻，他没有试图作出判断，只是问："然后呢？"

"是这样！我们的警员要求两名仆人发誓，让她们绝对保守秘密。然后他大模大样地上楼，敲了尼尔太太的房门。"

"她在床上？"

"正相反，"顾荣先生的语气里有一丝惊叹，"她正在穿外出的衣服。她解释说，霍拉肖·罗斯先生在几分钟之前给她打过一个电话——请注意这是第二次电话——通知了她关于莫瑞斯爵士遇害的消息。之前她说她什么都没有听到。既没有听到警笛声，也没有听到街上的喊叫声，什么都没有听到！

"可是，我亲爱的医生！真是难以置信,她的表演多么精彩！听到莫瑞斯·罗斯爵士的死讯，她眼泪汪汪！她张开了嘴！瞪大了眼睛！她的脸颊微红，就像一朵纯洁无辜的粉色玫瑰花！而与此同时，她的壁橱里就挂着一件白色的睡衣；在隔壁的房间里，镜子上仍然蒙着雾气，因为她曾经在那里拼命清洗睡衣上老人的血迹。"

德尔摩特不安地动了动。

"你那位警员呢？他做了些什么？"

"他暗中发笑；不过他板着面孔，询问她是否乐意到街对面去安慰她的朋友们。然后他找了个借口走在后面。"

"他这么做是为了……？"

"没错。为了神不知鬼不觉地拿到那件睡衣。"

"然后呢？"

"女仆伊薇特发毒誓说她会保守秘密——其实她乐不可支；当女主人后来询问睡衣去向的时候，伊薇特说把睡衣送去了洗衣店。为了避免穿帮，她真的把几件衣服送去了洗衣店。女主人会很在意吗？不会！为数不多的血点已经被洗去了。很显然尼尔太太并不明白这样一件事情：通过化学检验，我们仍然能找到被洗去的血点的痕迹。不过，亲爱的医生，这件睡衣上最有趣的东西并不是血迹。"

"哦，那是什么？"

"还是伊薇特·拉图尔发现了问题。"顾荣先生轻轻地敲着桌子道，"她当着那名警员的面仔细地检查了那件睡衣，发现蕾丝花边上有一小块玫红色的玛瑙碎片。"

警察局长停顿了下来，不过并不是为了戏剧性的效果，只是事情已经达到了令人遗憾的、不可逆转的状态。

"我们花了一个星期的时间，耐心地把那个鼻烟盒的玛瑙碎片拼在一起，在睡衣上发现的那一块碎片正好能复归原位。当伊芙·尼尔太太拿起拨火棍去猛击老人头部的时候，鼻烟盒被砸碎，一块碎片飞到了她的衣服上。她可真不走运，但是这个证据很有说服力。我相信，尼尔太太的公众形象将彻底毁灭。"

一阵沉默。然后德尔摩特清了一下嗓子。

"对于这件事情，伊芙·尼尔太太有什么解释吗？"他问道。

顾荣先生看起来很吃惊。

"对不起，"德尔摩特补充说，"我忘记了，你还没有和她提过这件事情，对吗？"

"医生，在这个国家里，"顾荣先生一本正经地说，"不到最后一刻，我们不喜欢轻易摊牌。她会被要求作出解释的。但那是她被逮捕之后的事情，会由区检察官来进行质询。"

德尔摩特暗想，区检察官的质询绝对不是什么愉快的事情。尽管不可能出现什么严刑逼供，但是法律允许区检察官施加各种各样"精神上"的压力。多数人事后都会对自己在遭到质询时作出的回答感到后悔，只有真正意志坚定、非常强悍的女人才能应付审问者的种种手段。

"你很确定，"他问道，"关于对尼尔太太不利的证据，没有任何人听到风声？"

"我非常肯定，先生。"

"你真是很出色。那两个仆人怎么样，伊薇特·拉图尔和塞纳斯蒂娜·布塞尔，她们没有嚼舌头吗？"

"没有，我们已经作了安排。塞纳斯蒂娜暂时离开了房子，借口说受到了太大的刺激。另外那个女人，也就是女仆，她很强悍，守口如瓶。"顾荣先生若有所思地说，"而且我相信，她并不喜欢尼尔太太。"

"于是？"

"但是我可以保证一件事情：罗斯家的人都太出色了！我对他们的赞叹无以复加。他们几乎都要发疯了，可还是回答了我们提出的所有问题。他们保持着你们所谓的，"顾荣先生壮着胆子用了三个英语单词，"坚定、沉着、克制[1]。他们对尼尔太太的态度亲切得过分……"

"这有什么不对吗？他们怀疑她是谋杀犯吗？"

"老天，当然不！"

"那么他们对谋杀有什么看法？"

顾荣先生挥挥手。"他们有什么看法？一个夜贼！一个疯子！"

"可是并没有丢东西？"

"什么都没有丢失，"顾荣先生表示同意，"但是除了鼻烟盒之外，还有别的东西被动过。在老人的书房，房门左手边有一个玻璃展示柜，里面放着他的另一件珍宝。那是一条镶嵌有钻

---

1. 此处原文是三个拼写错误的英文单词。

石和绿松石的项链，也是颇具历史价值的文物，价格不菲。"

"然后呢？"

"那条项链被丢到了展示柜下面，上面也染上了些许血迹。一个疯子的做法！"

作为英国首屈一指的犯罪心理学专家，德尔摩特·肯霍斯医生盯着桌子对面的同伴，脸上是一种古怪的表情。

"这倒是很贴切的说法。"医生说。

"贴切的说法？亲爱的医生，什么意思？"

"一个疯子。那么，这个所谓的盗窃狂人是如何进入房子的？"

"那一家人真是有趣，"顾荣先生说，"他们似乎完全无视这个问题。"

"说到这个问题，你认为尼尔太太是如何进入房子的呢？"

顾荣先生叹了口气。

"我想，这恐怕牵涉到一个尤为关键的证据。"他说，"昂志街上有四栋别墅都是由同一家公司建造的。四栋别墅的前门钥匙都是一样的。"

顾荣先生再次费力地向前欠身。

"还是那位了不起的伊薇特·拉图尔，"他继续说道，"她在尼尔太太睡衣的前胸口袋里找到了一把钥匙——尼尔太太自家别墅的前门钥匙。现在，想想看！一把自己家的前门钥匙，放在睡衣口袋里？为什么要这么做？在准备睡觉的时候，却在身上带着一把大门钥匙——你能想到什么合适的、令人信服的理由吗？不可能。只有一种解释：尼尔太太需要这把钥匙，以便进入街对面的房子。这个证据再次证明，她在发生谋杀的那天晚上去过布洛尔别墅。"

他们已经把她攥在手掌心里了，毫无疑问。

"还有一个问题……那个女人有什么动机？"德尔摩特仍然不甘心。

顾荣先生回答了这个问题。

太阳已经没入了街对面的森林后面。天空中铺满粉色的云霞，空气带着淡淡的暖意，令人沉醉。有时候法国的阳光像聚光灯一样刺眼，当强烈的阳光消失之后，人们不得不多眨眨眼睛来适应。顾荣先生的额头上还挂着细小的汗珠。

德尔摩特站了起来，想要把烟头扔过他们身边的石头护栏。但是他没有扔出去，他的手停在了半空中。

酒店的露台下面是铺着石子的庭院，比露台矮两三英尺，那里也摆着很多小桌子。就在紧靠着石头栏杆的一张小桌子旁边坐着一个女孩，她的头大概和他们的脚是同样高度。她穿着黑色的衣服，戴着一顶黑帽子，阴郁的风格和拉邦德莱特的色彩格格不入。那女孩抬起了头，德尔摩特直视着她的眼睛。

他注意到那个女孩子大概二十二或者二十三岁，头发是浅红色的。她在那里坐了多久？他无法判断。她面前的桌子上放着一杯没有碰过的鸡尾酒。在她的身后就是喧嚣的森林大道，机动车轰隆作响，敞篷马车则伴着慵懒的马蹄声和叮当的铃声驶过。似乎什么都没有发生过，什么也不可能发生。

突然，那个女孩跳了起来。她的身子碰到了小小的橙色桌子，鸡尾酒杯在托盘里当啷一声响，旋即翻倒在桌子上，酒浆洒了出来。那女孩抓起一只手袋和一副黑色的网眼手套，在桌子上扔下了一枚五法郎的硬币，然后转过身，跑向了街道。德尔摩特站在那里，吃惊地看着她的背影，脑海里浮现了她刚才的眼神。

顾荣先生在他身后轻声地说："真见鬼，在公众场合谈论正事的人都会遭到万劫不复的惩罚！"他嘟囔着，"那就是贾尼丝·罗斯小姐。"

第 7 章

"胡说，亲爱的贾尼丝，"海伦娜宽慰道，"你肯定是神经过敏了。"

本舅舅的脸上是轻微的惊恐和厌烦。他没有说话，他的表情就是回答。在茶点车旁边趴着一条斯班尼犬，他正俯身摸着狗的耳朵。

"我并没有神经过敏。"贾尼丝快速地低声回道。这语调证明她离歇斯底里已经不远了。她摘掉了手套。"我并没有做梦，并没有胡乱猜测，也并没有臆想。我告诉你们，"她突然提高音调，迅速地瞥了一眼伊芙，但是没有直视她的眼睛，"他们打算逮捕伊芙！"

海伦娜眨了眨眼睛。

"可是为什么？"

"亲爱的妈妈，因为他们认为是她干的！"

"你从哪里听来的这种胡言乱语。"海伦娜叹了口气。但是随之而来的沉寂令人惴惴不安。

这不可能是真的，伊芙暗想。这绝不可能。她从来没有想过这种可能性。

伊芙魂不守舍地放下了茶杯。布洛尔别墅的客厅长而宽阔，硬木地板油光锃亮。客厅一侧的窗户朝向昂志街，另一侧的朝向一座绿意盎然的大花园，清冷的斜晖透过树荫照了进来。他们的面前是茶点车，旁边是毛茸茸的金棕色斯班尼犬，正抬着头，一双大眼睛看着本舅舅。本佳漫是一个中等身材、粗壮敦实的男人，一头灰白的短发，此刻一言不发，却面带笑容。他的姐姐海伦娜身材肥胖，和蔼可亲，说话时呼吸急促，银灰色的齐耳短发包裹着一张圆而红润的脸颊。现在那张脸上凝固着不肯相信的笑容。

然后是贾尼丝，正在说着什么……

贾尼丝似乎在努力鼓起勇气。她直视着伊芙。

"听着，伊芙。"她可怜兮兮地说着，舔了舔嘴唇。贾尼丝的嘴巴不小，但是并不影响她面容的俏丽。"我们当然都知道，你不是凶手。"

她似乎在表达极度的歉意。说罢她扭过头，没有办法再这么看着伊芙了。

"可是他们为什么——"海伦娜问。

"怀疑——"本舅舅接上了这句话。

"不管怎么说，"贾尼丝盯着壁炉上方的镜子道，"那天晚上你根本没有出过门，你没有满身血迹地——回到房子里，对吗？在你的口袋里有一把这栋房子的钥匙？你睡衣的花边上有——有一块闪闪发亮的鼻烟盒的碎片？这都不是真的，对吗？"

客厅里原本友善的气氛忽然凝固了。身材高大的斯班尼犬低声地哀嚎了一下，乞求更多的食物。海伦娜·罗斯缓缓地摸索着，拿起了一个眼镜盒。她从里面取出一副无框的夹鼻眼镜戴上，半张着嘴，迷惑地看着周围。

"贾尼丝，你怎么能这么说！"她严厉地说。

"我说的这些，"贾尼丝回嘴道，"都是我听警察局长亲口说的。"在其他人说话之前，她又强调说，"这是真的！"

本佳漫·菲利普舅舅掸了掸膝盖上的面包渣。他漫不经心却又充满怜爱地捏了捏斯班尼犬的耳朵，然后把手伸进口袋，拿出了和他如影随形的烟斗。他微微皱眉，温和的冰蓝色眼睛里也流露出忧虑和困惑，但是他立刻羞愧地掩藏起了这些感情。

"我刚才在董炯酒店，"贾尼丝解释说，"在那里喝酒。"

"贾尼丝，亲爱的，"海伦娜不由自主地说，"我希望你不要去那种——"

"我碰巧听到顾荣先生在和一位医生谈话，一个犯罪心理学方面的大专家。他是一个英国人，我是说那位医生，不是说顾荣先生，我以前曾经在什么地方见过他的照片。顾荣说那天晚上伊芙来过这里，浑身是血，衣服上还有一块鼻烟盒的碎片。"

贾尼丝仍然看着别处，不肯看任何人的眼睛。人们的震惊感消退了，取而代之的是恐惧。

"他说他们有两个证人看到了伊芙：伊薇特和塞纳斯蒂娜。警察拿到了她的睡衣，上面有血迹……"

伊芙·尼尔陷进了椅子里，浑身僵硬。她愣愣地盯着贾尼丝，眼前却仿佛空无一物。伊芙想要放声大笑，不停地笑，把她脑袋里邪恶而不祥的声音赶出去。

指控她谋杀！这真是可笑之至的说法。但是她仍感觉心头遭到了重重的一击。从某种角度来看，针对她的指控确实很可笑。然而，在她的衣服上发现了一块"鼻烟盒的碎片"，这一点儿也不可笑——她脑袋里一片混乱，只觉得这说法荒谬得可怕，她难以置信，也实在想不通。肯定是有什么误会，否则的话就是厄运紧紧相随，要把她逼到一个角落里，置她于死地。不过她还是在心里安慰自己：完全没有必要害怕警察。她肯定能轻易地推翻这个最荒谬的指控——谋杀可怜的罗斯老爸！她只要说出奈德·阿特伍德就行，然后他就能为她作证。

她能够证明自己没有谋杀任何人。但是如果要解释和奈德的事……

"这是我听过的最可笑的事情！"她大声喊道，"对不起，请让我先喘口气！"

"那么这些都不是真的，对吗？"贾尼丝继续追问着。

伊芙猛地挥了一下手。

"不是，当然不是真的！"伊芙说，"那只是——"

她犹豫了，一股巨大的绝望感向她涌来。她的声音在发抖——如此明显，就像是对她的否认的一种注解。

"不是，绝对不是。"本舅舅坚定地说，然后清了一下嗓子。

"不是，绝对不是！"海伦娜也应和道。

"那么为什么，"贾尼丝继续追问，"为什么你要说'那只是'？"

"我——我不明白。"

"你很清楚。"贾尼丝说，"你刚才咬住了嘴唇，而且眼神闪烁，你最后说出的那一句'那只是'也别有意味，让人怀疑真的还有其他事情。"

（哦，上帝，我该怎么说？）

"那些都不是真的，对吗？"贾尼丝狂热地追问，"不可能一部分真，一部分假，对吧？"

"小姑娘的话当中，"本舅舅再次清了一下嗓子，似乎很不情愿地说，"可能也有几分道理。"

三双和蔼的眼睛——毫无疑问都是善意的眼睛——都聚焦在了伊芙身上。

在那一刻，她感到呼吸困难。

她慢慢地认清了自己的处境，一种不可避免的困境。这些说法都是谎言和误解。其中最糟糕的就是关于"鼻烟盒的碎片"，这个令人惊恐的问题在她的脑子里旋转着，一刻也不停。可是这些说法当中也有一部分是事实，警方可以证实。要想抵赖是没有好处的。

"告诉我，"伊芙试图镇定下来，"你们真的认为我会想要……嗯，专门去伤害……他？"

"不是的，亲爱的，当然不是。"海伦娜在安慰伊芙，她的近视眼里似乎含着恳求，"只要你告诉我们这些都不是真的就好。那样我们就放心了。"

"伊芙，"贾尼丝轻轻地说，"在遇到托比之前，你的生活是什么样子？"

在这栋房子里，还是第一次有人问起她的私人生活。

"贾尼丝，你怎么能这样！"海伦娜惊诧地斥道，她变得更加慌张了。

贾尼丝没有理会母亲。她轻轻地走到伊芙的对面，坐进了一把低矮的带垫子的椅子里。平日里她的肌肤白皙，被浅红色的头发衬托得近乎透明；但是在感情激动的时候，她的皮肤就会透出令人不快的浅蓝色。贾尼丝棕色的大眼睛死死地盯着伊芙，眼神里既有崇敬，也带着厌恶。

"不要认为我是在指责你！"她的语气中有一种超出二十三岁年龄的傲慢和严肃，"真的，我其实很敬佩你。我一直钦佩你。我现在跟你讨论这件事情，只是因为警察局长也在讨论。我指的是，关于你为什么有可能伤害我的父亲，请注意，我并不是说是你干的！我一点儿也不相信你会企图伤害我的父亲。但我还是有必要问清楚……"

本舅舅咳嗽了一声。

"我相信我们都是心胸开阔的人。"海伦娜说，"当然，除了托比，也许可怜的莫瑞斯也有一点儿小心眼。不过，贾尼丝，你太过分了！"

贾尼丝仍然没有理会母亲。

"你曾经嫁过那个叫阿特伍德的人，对吗？"

"是的，"伊芙说，"确实如此。"

"你知道吗，他回到了拉邦德莱特。"

伊芙舔了舔嘴唇。

"他回来了吗？"

"是的。就在整整一个星期之前，他出现在了董炯酒店的柜台酒吧里，和别人聊天。在聊天的时候，他还说起你仍然爱着他，他说要让你回到他身边，说他为此不惜把关于你的所有事情都告诉我们。"

伊芙瘫坐在那里。她的心脏好像在那一刻停顿了，然后又开始狂跳不止。这件事情的荒谬和不公让她哑口无言。

贾尼丝伸长了脖子。

"你还记得吗，"她继续说，"在父亲逝世那天的下午——"

海伦娜使劲冲女儿挤眼睛。

"父亲回到家的时候，"贾尼丝继续说，"看起来神情古怪，情绪激动，但是闷不作声。还有，他拒绝和我们一起去剧院，却并没有说明原因。直到后来，艺术品商人给他打了个电话，他的心情才有所好转。而且在我们出发去剧院之前，他跟托比说过什么事情。那之后托比的表现也变得很奇怪，你记得吗？"

"然后呢？"本舅舅一边问，一边小心地检查着烟斗的斗钵。

"无稽之谈。"海伦娜说。但是一有人提到那个夜晚，她便不可避免地伤感了起来；她的眼睛里出现了泪光，圆圆的脸上失去了笑容，也失去了色彩。"托比那天晚上板着脸，仅仅是因为那出戏剧的主题——是关于妓女。"

伊芙坐直了身子。

"父亲每天下午都散步，"贾尼丝说，"他最喜欢去的地方就是董炯酒店后面的动植物园。假设阿特伍德先生跟着父亲，向他透露了什么事情……"

贾尼丝没有说完这句话。她朝着伊芙的方向点了点头，眼睛却没有看过去。

"然后父亲别别扭扭地回来了。他和托比说了什么事情，但托比不肯相信他。这都是我的猜测，也许都不是真的！可是你还记得吗，那天晚上托比睡不着觉，在凌晨一点给伊芙打过电话。也许他把父亲所说的话告诉了伊芙？再假设伊芙跑到书房里，和父亲发生了争执，然后……"

"请等一下。"伊芙非常冷静地说。

她缓了口气，然后才开口。

"一直以来，你们对我到底有什么想法？"她问道。

"没有想法，亲爱的！没有！"海伦娜喊了起来，她用颤抖的手摘下了夹鼻眼镜，"我们从来没有见过像你这么好的人！哦，亲爱的，每当我需要手绢的时候，总是找不到！唯一让我不安的是，当贾尼丝说到血迹和其他可怕的东西时，你没有直截了当地否认……"

"是的。"本舅舅说。

"但是我想知道的并不只是这些。"伊芙追问道，"所有这些乱七八糟的东西，这些暗示，你们直到现在才说出的东西，到底什么意思？难道你们的意思是说'华伦夫人的职业'其实是'尼尔夫人的职业'？你们就是这个意思吧？"

海伦娜被吓傻了。

"不是的，亲爱的。上帝呀，不是这个意思！"

"那是什么意思？我知道人们对我的评价，至少我知道以前的流言蜚语。那不是真的。可是如果我不停地听到这种谣言，我也许很愿意让它变成现实！"

"可是，关于谋杀案你有什么说法？"贾尼丝冷静地问。

贾尼丝带着一种孩子般的直率。她不再是思维跳跃、喜欢夸张、故作世故、对同龄女孩的娱乐活动不屑一顾的贾尼丝。她坐在那张低矮的椅子里，双手环抱着膝盖，棕色的眼睛一眨一眨，涂着眼影的眼睑闪闪发亮。她的嘴唇在轻微地颤抖。

"你瞧，"她解释说，"这一切只是因为我们把你太理想化了……"

这一次她也没有说完，只是打了个手势。伊芙的心里满是感激和同情，但是这让她的处境更加艰难了。

"你仍然爱着阿特伍德先生吗？"贾尼丝问道。

"不是的！"

"那么这个星期，你是不是都在装腔作势？是不是有什么事情你没有告诉我们？"

"没有，只是——"

"我觉得，"本舅舅低声地说，"她看起来有些憔悴。可是我们现在都是这个样子。"他拿起一把折叠小刀，开始清理烟斗的斗钵。这会儿他脸上那种严肃而疲惫的表情消失了。他看着海伦娜，继续道："你还记得吗，海伦？"

"记得什么？"海伦娜问道。

"有一次我正修理家里的车子。我什么都没有做，只是戴着手套碰了她一下，她当时都要晕倒了。就是那种棕色的皮制工作手套。我承认，那副手套并不干净。"

伊芙用手挡住了眼睛。

"你总是说一些无关紧要的事情。"海伦娜柔声地说，"我们现在正在讨论正经事情。"她稍稍喘了口气，转而问伊芙："你还没有回答贾尼丝的问题。那天晚上，你离开过房子吗？"

"是的。"伊芙说。

"你的身上有血迹？"

"是的。有一点儿。"

落日的余晖仍然照亮着窗户，但是宽大的客厅陷入了寂静，只剩下斯班尼犬的呼吸声。它用爪子挠了挠硬木地板，然后昏沉沉地趴了下来，把两只耳朵耷拉在爪子之间。甚至连本舅舅用小刀刮烟斗的刺耳声音都停止了。这三个穿着深色服装的人——两个身着黑衣的女人和一个穿着深灰色套装的男人——都盯着伊芙，脸上是不同程度的震惊和难以置信的表情。

"别这么看着我！"伊芙几乎是尖叫了起来，"这不是真的。我和谋杀没有任何关系。我很喜欢莫瑞斯爵士。这绝对是一场误会；只是这误会大得可怕，我好像解释不清了。"

贾尼丝的脸色发白，甚至嘴唇也变得苍白了。"那天晚上你来过我们家吗？"

"没有。我发誓我没有来过！"

"那为什么你的睡衣口袋里有——有一把通向这座房子的钥匙？"

"那并不是这所房子的钥匙。那是我自己家的钥匙，和你们的房子没有任何关系！我很想告诉你们那天晚上发生的事情。我早就想告诉你们。只是我不敢说。"

"哦？"海伦娜说，"你为什么不敢？"

在开口之前，伊芙就已经明白自己要说的话将会遭到变态的、绝对令人不快的冷嘲热讽。相信有很多人都会认为她的处境很可笑。如果她的命运当真受制于什么喜欢冷嘲热讽的女神，那么那些女神现在就在施展她们的法术。你甚至能在每一个单词里都听到"嘲讽女神"响亮的笑声。

"我不敢告诉你们，"她回答说，"是因为奈德·阿特伍德在我的卧室里。"

第 8 章

阿瑞斯泰德·顾荣先生和德尔摩特·肯霍斯医生一同走进了昂志街，他们行进的速度很快，圆滚滚的警察局长可不喜欢走这么急。

"真是倒霉！"警察局长怒不可遏地说，"倒霉到家了！我敢肯定，那位贾尼丝小姐会直接去找伊芙·尼尔太太，向她报告所有的事情。"

"很有可能。"德尔摩特表示赞同。

警察局长戴了一顶圆顶硬礼帽，头看起来更圆了，手里还拿着一根白藤做成的手杖。他试图跟上德尔摩特的大步子，急忙加快脚步，同时低声地嘟囔着。

"关于尼尔太太，如果你愿意帮我个忙，和她谈谈，再向我透露你对她的真实印象，那你最好现在就去。区检察官肯定会被气得七窍生烟。我刚才给他打过电话，但是他不在办公室里。我知道他听到消息之后会怎么做。他会立刻派'沙拉篮子'过来，然后尼尔太太今天晚上就会在'小提琴'里过夜。"

德尔摩特惊诧地望着他。

"'沙拉篮子'？'小提琴'？"

"啊！我忘了！'沙拉篮子'是……"顾荣先生努力地想找出合适的词汇。

他做了一个夸张的手势，似乎想要表达清楚，但是没有成功。

"你是说囚车？"德尔摩特斗胆猜测说。

"对了！就是这个意思！我以前听过这种说法。而'小提琴'就是你们在英语里所说的展狱 [1] 或叮当作响的地方。"

"是监狱。非常响亮的叮当声。"

"我要把它记下来。"顾荣先生说着又掏出了他那个小小的记事本，"不过我自认为我的英语还挺不错。对吧？我总是和罗斯家的人说英语。"

"你说得很不错。但是我想请求你，当你想说'会面'的时候，请不要说成'会院' [2]。"

顾荣先生扭了一下头，问道："那不是一回事吗？"

"根本不是一回事。不过——"

德尔摩特先生在人行道上停住了脚步，扫视着寂静的街道。在夜色下，那条街道显得朴素、怡然。街边有几棵栗子树，枝叶掩映着花园灰色的院墙。

如果德尔摩特在伦敦的同事看到他此刻的样子，他们很可能认不出他来。一方面是因为他穿着度假的衣服：一身宽松的运动衣，一顶破旧但很舒适的帽子。另一方面，自从来到拉邦德莱特之后，因为远离了一直让他身心憔悴的工作，他身上的

---

1. 此人误读了英语中"监狱"一词的发音。

2. 原文中顾荣先生混淆了英语中的"interview"和"intercourse"。

疲惫感消退了。他的眼光更加明亮，黝黑的面孔更富生机，别人几乎很难看出他做过整形手术。不过，当他听顾荣先生讲述了谋杀案的细节之后，他的心境又变了。

德尔摩特皱着眉头。

"哪一栋是尼尔太太的房子？"他问道。

"就是我们旁边的这一栋。"顾荣先生伸出他的白藤手杖，敲了一下左侧的灰墙，"不用说了，街对面的那栋房子就是布洛尔别墅。"

德尔摩特转身看着布洛尔别墅。

方方正正、白色墙壁的布洛尔别墅看起来相当平静，红瓦屋顶稍微有些肮脏。外面的围墙挡住了底层的窗户。别墅第二层有三个房间，每个房间都有两扇窗户。但是只有中间那个房间的窗户是落地窗，窗外是一个围着铁艺栏杆的阳台。德尔摩特和顾荣先生都在盯着那个阳台。在阳台上方，漆了灰色油漆的铁制百叶窗现在都紧紧地关闭着。

"我很想去看看那间书房里面的样子。"德尔摩特说。

"我亲爱的医生！这再容易不过了。"顾荣先生虽然这么说着，却扭头朝伊芙的房子示意，他似乎激动了起来，"可是我们为什么不先去拜访尼尔太太？"

德尔摩特没有理会他的朋友。

"莫瑞斯爵士是不是经常在那间书房里待到很晚，"他问道，"而且不拉上窗帘？"

"我想是这样的。因为天气很热。"

"这样的话，凶手岂不是冒着很大的风险？"

"什么风险？"

"他可能会被人看到，"德尔摩特伸手一指，"站在街对面任何一栋房子的上层，任何人都可能透过窗户看到他。"

"不会。我想不会的。"

"为什么不会？"

顾荣先生耸了耸肩膀。

"我们这座漂亮城市最热闹的季节基本上结束了。"他说，"这些别墅多数都空着。你注意到没有，这条街道看起来多像是被荒弃了。"

"然后呢？"

"尼尔太太这一侧的一些别墅本来就是空着的。你放心，我们已经都调查过了，总是遇到铁将军把门，把我们气得脸色发青。唯一有可能看到什么情况的人，就是尼尔太太自己。然而，即便退一万步说，她也不会是真正的凶手，也不可能对我们有什么帮助。根据我们了解到的情况，她有一种近乎偏执的习惯——总是把她自己房间的窗帘拉得严严实实的。"

德尔摩特把帽檐往下拉了拉，遮挡住了前额。

"朋友，"他说，"我不喜欢你手上的证据。"

"哦？"

"举个例子来说，关于尼尔太太的动机就毫无道理。让我给你分析一下。"

但是他没有机会分析。顾荣先生对德尔摩特要说的内容非常感兴趣，于是他四下观察，以防再次被人偷听。他隐约看到赌场大道的方向有个人正往这边走来，便拉住了德尔摩特的胳膊，把他拽进了伊芙家别墅的铁门里，然后回身关好了门。

"先生，"顾荣压低了声音说，"走过来的就是托比，我猜他此行的目的很明确，也是要找尼尔太太。如果我们想从她身上得到信息，我们必须抢先。"

"可是——"

"我求你了，别停下来回头张望！老天爷，没什么可看的，他只是个再普通不过的人。往前走，去按门铃。"

他们根本不需要去按门铃。房门前面有两级台阶，他们刚走到第一级台阶上，房门就被猛地拉开了。

很显然，从里面出来的人和他们一样惊诧。半明半暗的门厅里传来了一声尖叫，两个女人站在那里，其中一个用手扶着门把手。

匆匆一瞥之后，德尔摩特断定站在最前面的女人就是伊薇特·拉图尔。她是一个骨架宽大、身材肥胖的女人，五官分明，一头黑发；但是她显然不喜欢引人注目，似乎刻意要和门厅深处的背景融为一体。她的脸上满是惊诧，随即变成了一种带着恶意的满足感——她那双黑色的小眼睛闪闪发亮，不过转瞬又恢复成了迟钝麻木的神态。但是引起顾荣先生注意的是另一个女人，一个二十多岁的女孩。顾荣先生看着她，眉毛扬了起来，几乎触到了发际线。

"哎呀？"他摘掉了帽子，拖长了声音，并且不断提高音调，"哦，哈？"

"对不起，您说什么？"伊薇特大声问道。

"没有什么，没什么。"

"先生，这是我的妹妹。"伊薇特殷勤地说，"她正要走。"

"再见，亲爱的。"那个女孩说。

"再见，宝贝。"伊薇特满怀热情地回答，"凡事当心。替我向妈妈问好。"

那个女孩从他们身边走了过去。

从姐妹两人的相貌能看出血缘关系，但是她们也有很多不同。

那个女孩很苗条，穿着打扮很有品位；如果用一个词来评价就是——俏丽。她瞥了一眼他们，黑色的大眼睛里充满坦率，笑的时候会微微地噘起嘴，带着那种只有法国女人才能表现出来的满足和愉悦。她似乎在大胆放肆地眨眼睛，但又不肯轻易与人对视。她走下两级台阶，身上的香水味扑鼻而来（也许她喷得太多了）。

"布玉小姐。"顾荣先生非常殷勤地招呼。

"先生您好，"那女孩稍稍屈膝，也彬彬有礼地回答。然后她就走向了小路。

"我们想找，"警察局长对伊薇特说，"尼尔太太。"

"很抱歉，顾荣先生，那你得去对面的房子了。尼尔太太正在罗斯家里喝下午茶。"

"谢谢你，小姐。"

"您太客气了，先生。"

伊薇特一直保持着不动声色的礼貌态度。但是在房门即将关闭的那一瞬间，她的脸上出现了一丝德尔摩特无法理解的表情——那也许是一种嘲讽。顾荣先生站在那里望着紧闭的房门，用手杖头轻轻地敲着牙齿。过了一小会儿，他才重新戴好了帽子。

"怎么样？"他低声地嘟囔着，"朋友，我有一种感觉——"

"嗯？"

"我觉得这个小小的插曲有点儿问题。但是我现在还说不清楚。"

"我有同样的感觉。"德尔摩特赞同道。

"这两个女人在密谋什么事情，我能感觉到。干这一行时间长了之后，就会有一种直觉。不过我现在还不敢妄加猜测。"

"你认识那个女孩？"

"布玉小姐？哦，我认识她。"

"她是不是……"

"你想问她是不是品行端庄？"顾荣先生突然轻轻地笑了起来，"哎呀，你们英国人总是会先问这个问题！"不过他歪着脑袋，仔细地想了想才回答："据我所知，她的品行算是符合标准。她在哈普街上有一家花店。顺便说一句，离我的朋友维伊先生的艺术品商店不远。"

"就是向莫瑞斯·罗斯爵士兜售鼻烟盒的那位艺术品商人？"

"是的。而且一直没有拿到钱。"警察局长再次犹豫了起来，"可是这对我们毫无益处。"他皱起眉头，闷闷不乐地继续道，"我们还是忍不住要自问，为什么布玉小姐要来拜访她的姐姐？或者换一种问法，布玉小姐凭什么不能来探望她的姐姐？我们此行的目的是要见尼尔太太。我想最简单的方法是转过身，去街对面的房子，听听尼尔太太有什么说法。"

他们很快就听到了伊芙·尼尔太太的回答。

布洛尔别墅前花园的外围是一堵砖墙，里面是修剪整齐的草地。房子的前门关着。但是右侧紧挨着房门的窗户都敞开着。现在已经是下午六点，花园里逐渐陷入了昏暗，窗户里面的客厅也晦暗不清。但是那个房间里的气氛显然很紧张，就像有电流即将爆发。当顾荣先生推开铁门的时候，他们听到从客厅里传出一个声音。那是一个年轻女孩的声音，正在用英语说话。德尔摩特用不着和贾尼丝·罗斯面对面就能想象出她冲动的个性。

"继续说！"她的声音催促着。

"我——我不能。"稍微停顿了一下，另一个女人的声音说。

"别做出这副表情！别停下来，"贾尼丝在恳求，"别因为托比的出现就停下来！"

"我说，"一个沉稳的男性声音响了起来，他显然很疑惑，"这到底是怎么回事？"

"托比，我亲爱的，我正想告诉你！"

"我今天在办公室里很不顺心。似乎你们这些女人都不在乎。那个可怜的老主管给我留下了一个烂摊子。我现在可没有心情跟你们开玩笑。"

"开玩笑？"贾尼丝说。

"是的，开玩笑！你们就不能让我清静一会儿？"

"在父亲遇害那天晚上，"贾尼丝说，"伊芙离开了她的房子。回去的时候，她衣服上到处是血迹。她当时带着一把咱们家前门的钥匙。在她睡衣的花边上还嵌着一块玛瑙鼻烟盒的碎片。"

顾荣先生向他的同伴打了一个手势，然后轻手轻脚地走过草地，透过最近的一扇窗户向里面张望。

长方形的客厅里摆满了各种家具。油光锃亮的地板像一片浅灰色的湖泊，似乎比天空的颜色还要浅。这是一个相当舒适的客厅，里面有很多烟灰缸和各种小摆设。一条金棕色的斯班尼犬趴在茶点车旁边打盹。安乐椅铺着棕褐色的软垫，墙上有一个白色的大理石壁炉，一张小桌子上放一盆深蓝色的紫菀花，这些都给昏暗的暮色添加了几分色彩。但是那些穿着深色服装的人宛如一个个阴影，只有脸上表现出少许生气。

根据顾荣先生的描述，德尔摩特毫不费力地认出了海伦娜·罗斯，还有坐在茶点车旁边、叼着一个空烟斗的本佳漫·菲利普。贾尼丝坐在一张低矮的椅子里，背对着窗户。

德尔摩特看不到伊芙·尼尔，因为她被托比·罗斯挡住了。托比穿了一身深灰色的西服，胳膊上戴着服丧用的黑纱，正站在壁炉旁边。他神色有些呆滞，正抬起一只手，似乎要挡住自己的眼睛。他一脸不解地一会儿看看贾尼丝，一会儿又看向他的母亲。甚至他的小胡子都在表达着感情。他提高了嗓门问道：

"看在上帝的分上，你在说什么？"

"别激动,托比,"海伦娜犹豫着说,"这些都有相应的解释。"

"解释？"

"是的。都是因为阿特伍德先生，伊芙的丈夫。"

面对如此费解的回答，托比自然是惊得发愣，但是他仍然扬起了眉毛，略微停顿了一下，才说出了一个单音节的疑问词。

"哦？"

这个单词简单而克制，在昏暗的客厅中久久地漂浮着。但如果你仔细倾听，你就会明白这里面意味深长。

"我说，妈妈，"托比舔了舔嘴唇道，"我想你应该记得，那个人不再是伊芙的丈夫了。"

"但是伊芙说他并不这么想。"贾尼丝插嘴说，"他回到拉邦德莱特了。"

"是的，我听说他回来了。"托比机械地回答，然后把挡着眼睛的手放下来，做出了一个近乎疯狂的手势，"我想知道的是，这到底是怎么……怎么回事？"

"在父亲遇害那天，"贾尼丝回答说，"阿特伍德先生闯进了伊芙的房子。"

"闯进？"

"是的。很久以前他住在这里的时候，他有一把钥匙。伊芙已经换了睡衣之后，他上了楼。"

托比呆若木鸡。

房子里的光线很昏暗，但是大家都看得出他面无表情。他向后退了一步，撞到了壁炉上，然后摸索着站稳了身子。他扭头想要看伊芙，却又停住了动作，显然是觉得最好不要看她。

"继续说。"他的声音嘶哑。

"不过，我又不是亲历者。"贾尼丝说，"你问伊芙好了。她会告诉你的。伊芙，你必须说下去！别让托比影响你，就当他不在这里。快告诉我们随后的事情。"

阿瑞斯泰德·顾荣先生，拉邦德莱特的警察局长，从喉咙深处发出了一声低吼。他深深地吸了口气，圆圆的、温和的脸上出现了一丝笑意。他挺直身子，摘掉帽子，轻快地走了进去，光亮的硬木地板上响起了清脆的脚步声。

"就当我也不在这里，尼尔太太。"他说。

第 9 章

十分钟之后，顾荣先生坐在了一把椅子里。他欠过身子，像猫那样神情专注，催促着尼尔太太。他早已开始了询问，兴奋地用英语作了开场白。但是他过于兴奋，不由自主地使用了一些冗长的、令人费解的句子，最后他索性换成了法语。

"那么，太太？"他用问题催促着伊芙，这种效果就好像他真的在用一根手指轻轻地戳着她，"然后呢？"

"我还能说什么？"伊芙大声喊道。

"关于阿特伍德先生。"顾荣先生说，"他拿着钥匙，悄悄地上楼。很好！他试图——"他清了一下嗓子，"制服你。对吗？"

"是的。"

"显然，这种做法违背了你的意愿？"

"当然啦！"

"我明白！"顾荣先生宽慰道，"然后呢，太太？"

"我请求他顾及颜面，立刻下楼离开我的房子。我请求他不要闹事，因为莫瑞斯·罗斯爵士就坐在对面的房子里。"

"然后呢？"

"他开始拉窗帘，想看看莫瑞斯爵士是不是仍坐在书房里。

我关掉了灯——"

"你关掉了灯？"

"是的，我当然这么做了！"

顾荣先生皱起了眉头。"请恕我冒昧，太太。但是你这么做显然不能阻止阿特伍德先生的意图。"

"我告诉过你了，我不想让莫瑞斯爵士知道！"

顾荣先生沉思了一会儿。

"那么太太是承认了，"他试探性地说，"太太因为害怕被人发现，所以……怎么说呢……变得冷酷无情？"

"不，不，不对！"

客厅里的光线越来越昏暗。罗斯家族的成员或站或坐，就像一尊尊蜡像。他们的脸上没有表情，或者说是看不到表情。托比仍然待在壁炉旁边，现在他转身面向壁炉，下意识地伸出了手，就好像壁炉里面真的有炉火。

警察局长并没有威胁或者恐吓尼尔太太，他的表情仍是那么忧心忡忡。这个法国男人正在真心实意地试图理解一件棘手的事情。"你害怕这位阿特伍德先生？"

"是的，非常害怕。"

"莫瑞斯爵士就在你的视线范围内，也能听到你的呼救声，可是你没有试图向他呼救？"

"我告诉你了，我不能这么做！"

"我问一句，当时莫瑞斯爵士在做什么？"

"他坐在那里。"伊芙回答道，那个镜头过于清晰，已经永久地印在了她的脑海里，"他坐在桌子旁边，拿着一个放大镜，正在看什么东西。房间里还有——"

"有什么，太太？"

她本想补充说："还有一个人。"但是她的面前就是罗斯家族的成员，考虑到这种说法可能带来的麻烦，她咽回了这句话。她脑海中又一次浮现了那位老人蠕动的嘴唇，那只放大镜，还有他身后悬浮的阴影。

"还有那个鼻烟盒。"她虚弱无力地换了一种说法，"他正在看鼻烟盒。"

"那是什么时间，太太？"

"我——我忘了！"

"然后呢？"

"奈德朝我走过来。我奋力把他推开。我恳求他不要惊醒仆人。"伊芙说的每个字都是事实，但是，她的最后一句话使得听众们脸上的表情都有了轻微的变化，"你不明白吗？我也不想让仆人知道这件事。然后电话铃就响了。"

"啊！"顾荣先生满意地说，"如果是这样，我们就能判断出时间了。"他探头张望了一下，"我相信那正好是凌晨一点钟。罗斯先生，我想你就是在那个时间给太太打电话的吧？"

托比点了点头，但是完全心不在焉。他随口对伊芙说："那么在你和我通话的时候，那个家伙一直在你的房间里？"

"我很抱歉，亲爱的！我不想让你知道！"

"是的。"贾尼丝一动不动地坐在低矮的椅子里，表示赞同，"你确实不想让他知道。"

"就站在你的旁边，"托比低声嘟囔着，"就坐在你的旁边。

甚至可能……"他做了一个手势，"可当时你听起来如此镇定，就好像什么事情都没有发生过，就好像你刚刚被电话铃声惊醒，脑袋里只有我一个人。"

"伊芙，请继续说。"顾荣先生打断了托比的话。

"然后，我命令他离开。"伊芙说，"可他还是不肯走。他说他不允许我犯错误。"

"太太，这是什么意思？"

"他认为我不应该嫁给托比。而且他觉得如果他探出窗户，朝街对面的莫瑞斯爵士大喊大叫，说他在我的房间里，那么他就可以让别人对我产生怀疑，对我有想法——尽管都是错误的想法。每当奈德有这种意图时，他就会毫不顾忌。于是他走向了窗户，我追了上去。然而，当我们朝窗外看的时候……"

伊芙摊开了手掌心。对于德尔摩特·肯霍斯、阿瑞斯泰德·顾荣，以及所有能感受到周围氛围的人来说，随之而来的停顿似乎是可怕的凶兆。

在这期间，空气中混杂着各种细微的声音。海伦娜·罗斯用手捂着胸口，轻轻地咳嗽了一声。本佳漫·菲利普本来一直在细心地往烟斗里填烟丝，现在他划着了一根火柴——细小而清脆的一响仿佛在预告火焰的登场。贾尼丝一动不动地坐在那里，一双无辜的棕色大眼睛表明她正在慢慢明白这个停顿的意味。但是开口说话的人是托比。

"你朝窗外张望了？"他问道。

伊芙用力点了点头。

"什么时候？"

"就在刚刚……之后……"

她用不着再解释了。轻微的低语声向她侵袭而来。他们都刻意压低了声音，就好像都害怕惊动埋伏着的敌人或鬼魂。

"你没有看到——？"海伦娜发问道。

"什么人？"贾尼丝接口说。

"什么东西？"本舅舅低声道。

德尔摩特静静地坐在一个不引人注目的角落里，用拳头支着下巴，眼光始终没有离开伊芙·尼尔。他凝神倾听着伊芙吞吞吐吐、毫无说服力的讲述，竭力试图从中分析出什么东西。

他大脑的分析区对伊芙作出了如下评价：想象力丰富，易受他人影响，心地善良，慷慨大方——也许这些特点太鲜明了，对她并没有什么好处。只要有人曾经对她表现出善意，她都会忠诚地给予回报。是的，如果受到足够的煽动，她很有可能实施谋杀。德尔摩特为自己的想法感到不安：在最近二十年间，他已经在个人感情外面包裹了厚厚的铠甲，但是此刻，他对尼尔太太的评价穿透了这副铠甲。

他看着伊芙坐在一把宽大的、铺着软垫的安乐椅里面。他看着她的手指痉挛般攥着安乐椅的扶手。他看着那张精致的面孔、紧闭的嘴唇，以及脖子上正在跳动的纤细的血管。她的额头上有一条小小的横纹，似乎要承担起所有可怕的发问。他观察着伊芙，看着她的灰色眼睛从托比身上挪到贾尼丝身上，又从贾尼丝身上挪到海伦娜身上，再挪到本舅舅身上，最后又回到托比身上。

德尔摩特很清楚：这个女人马上要撒谎。

"没有！"伊芙大声地说，她的身体一下子绷紧了，似乎她刚刚作了一个决定，"我们没有看到任何人，也没有看到任何东西。"

"'我们'，"托比用手拍打着壁炉台，"'我们'没有看到任何东西！"

顾荣先生用眼神制止了他。

"但是好像太太看到了什么东西。"顾荣先生用一种令人惊恐的温柔语气追问道，"莫瑞斯爵士已经死了吗？"

"是的！"

"你能清楚地看到他？"

"是的！"

"那么，太太怎么会知道，"警察局长狡猾地说，"他'刚刚'被谋杀？"

"我当然不知道。"伊芙稍稍停顿了一下才说，她直视着顾荣先生，胸口缓缓地起伏，"我是说，我只是猜测刚刚发生了谋杀。"

"请继续说。"顾荣先生吸了口气，在空中打了一个响指。

"可怜的海伦娜走了进来，然后开始尖叫。这时我命令奈德离开，我的态度很坚决。"

"哦？在这之前太太的态度不坚决吗？"

"我很坚决！我告诉你了，我很坚决！我的意思是说，只是这一次他终于明白他必须走了。在他离开之前，我要回了他那把房子的钥匙，放进了睡衣的口袋里。在他下楼的时候，他……"此刻，她似乎意识到了她即将说出的话会是多么的可笑、多么的近乎荒谬，"在下楼的时候，他从楼梯摔了下去，撞破了鼻子。"

"他的鼻子？"顾荣先生念叨着。

"是的。他的鼻子流血了。我去摸了他的脸，所以我的手上沾了血迹，衣服上也染上了血点。你们一直以来大惊小怪的血迹，实际上就是奈德·阿特伍德的。"

"真的吗，太太？"

"你用不着问我。去问奈德。他算不上一个正派的人。但至少，当你们置我于如此境地的时候，我相信他会有点儿良知，来证实我说的每一个字。"

"太太，他会这么做吗？"

伊芙再次用力点点头。她用恳求的眼光扫视了一圈站在她周围的人。

德尔摩特·肯霍斯觉得他的判断力开始受这个女人的影响。这太奇怪了，简直糟糕透顶，他一生中还从没有过这种感觉。但是他头脑里理性而冷静的那个声音告诉他：伊芙说的是真话——除了她刚才犹豫过的那个问题。

"说到阿特伍德先生，"警察局长继续说，"你刚才告诉我说，他从楼梯上摔了下去，撞破了鼻子。他身上还有别处受伤了吗？"

"别处受伤？我不明白。"

"他没有——比如说——撞破头？"

伊芙皱起了眉头。"我不敢肯定。他很可能撞到了头。那个台阶很高，很陡，他摔得很厉害。当时一片黑暗，我看不清楚发生了什么。但是我摸到的血迹肯定是他鼻子上的。"

顾荣先生含糊地微微一笑，就好像他早就料到了这样的回答。

"继续说，亲爱的太太！"

"我让他从后门出去……"

"为什么从后门？"

"因为前门外面的街上满是警察。他从后门离开了。然后就发生了意外——我家厨房后门上有一把弹簧锁，当我站在后花园时，一阵风把门吹得关上了，于是我被锁在了外面。"

一阵短暂的停顿，罗斯家族的成员慢慢地相互打量着。然后海伦娜微微地喘着粗气，用带有抱怨的语气说："我亲爱的，你肯定搞错了，是风把你的房门吹得关上了？你没有记错吗？"

"那个晚上，整晚都没有一丝风。"贾尼丝接口说，"在剧院的时候，我们还专门谈论到天气。"

"我——我知道。"

"那么，我亲爱的，你怎么解释？！"海伦娜不满地问。

"我的意思是说，我也想到了这个问题。之后当我回想这件事情的时候，我试图想出某种合理的解释，后来我想到，也许有人——也许有人故意把门关上了。"

"哦？"顾荣先生说，"是谁？"

"伊薇特，我的女仆。"伊芙攥紧了拳头，在椅子里痛苦地扭动着，"她为什么如此憎恨我？"

顾荣先生的眉毛扬得更高了。

"太太，我好像明白你的意思了。你在指责伊薇特·拉图尔故意从里面锁上了门，把你关在外头？"

"我向你们所有的人发誓，我没有任何意思！我只是在尽力搞清楚有可能发生了什么事情。"

"我们也想搞清楚，太太。不过请继续这个趣味横生的故事。你在后花园里……？"

"你不明白吗？我被锁在了外面。我进不去了。"

"进不去了？太可笑了！太太只要去敲门，或者按前门的门铃就行了，对吗？"

"那会惊动房子里的仆人，我不愿意这样做。一想到要吵醒伊薇特……"

"可是按照你刚才的叙述，她已经醒了，而且出于某种原因把你锁在了外面。请原谅，"顾荣先生虚情假意地说，"希望我没有让你感到不安。我并不想设圈套，也不想诓骗你。我只是想搞清楚……怎么说呢？……让事实说话。"

"但是这就是事实！"

"全部的事实吗？"

"我想起自己的睡衣口袋里有一把前门的钥匙。于是我溜到了前门，回到了房子里。这也是我丢失了腰带的原因，我甚至不知道丢在哪里了，但是当我……当我收拾换洗的时候，我注意到腰带不见了。"

"啊！"

"我想你们肯定也已经找到了腰带？"

"是的，太太。不过请允许我提一个细节，一个你的讲述里没有解释的细节，我是说在你睡衣花边上找到的玛瑙鼻烟盒的碎片。"

伊芙轻声地回答道："我完全不明白那是怎么回事。请相信我所说的话。"她用手捂住了眼睛，随后又把手拿开了，用一种非常真挚的、足以打动听众的声音说，"这是我第一次听到关于玛瑙鼻烟盒碎片的问题。我可以发誓，当我回到房子的时候，我的衣服上肯定没有什么碎片。因为，就像我刚才所说的，我脱下过睡衣，试图洗去血点。我唯一能想到的解释就是，有人事后把碎片放在了上面。"

"放在了上面。"顾荣先生的话不是问句，而是陈述句。

伊芙笑了起来。她难以置信地看着周围的一张张面孔。

"难道你们认为我是一个谋杀犯？"

"老实说，太太，我们早就有这种想法了。"

"可是，不可能是我……你不明白吗？我能证明我所说的每一句话都是真的！"

"怎么证明，太太？"警察局长问道，他开始用修剪整齐的手指甲敲击椅子旁边的小桌子。

伊芙恳求地看着其他人。

"我很抱歉。我没有早点儿告诉你们，因为我不想让你们知道奈德曾经在我的房间里。"

"我们完全可以理解。"贾尼丝用毫无生气的语调说。

"可是这些，"伊芙摊开了她的手，"这些事情都太荒谬了，我简直没有办法作出评价。这就好像半夜里被人吵醒，然后被指控犯有谋杀，而且是谋杀一个从未听说过的人。如果不是知道我还能证明自己的清白，我肯定会被吓死的。"

"很抱歉，太太，我必须重复一遍我的问题。"顾荣先生问道，"你怎么证明自己的清白？"

"当然是通过奈德·阿特伍德！"

"哈。"警察局长道。

他从容不迫地做出了一连串的动作：他翻起了大衣领子，嗅了嗅扣眼里的白玫瑰，眼睛盯着地板上的某个点；随后轻轻地摆了一下手。然而他的脸上没什么别的表情，只是眉头紧锁。

"请告诉我，太太，你是不是花了整整一个星期的时间来编造这个故事？"

"我没有编造任何故事。这是我第一次听到你们的指控。我说的都是实话。"

顾荣先生抬起了眼睛。

"太太，在这个星期里，你有没有见到过阿特伍德先生？"

"没有，绝对没有。"

"你仍然爱他吗，伊芙？"贾尼丝低声地问，"你是不是仍然爱着他？"

"不是的，亲爱的，当然不是。"海伦娜安抚着，打断了女儿的话。

"非常感谢。"伊芙说。随后她看着托比，又道："还需要我对你说一遍吗？我讨厌他，憎恨他。我一生中还从来没有如此鄙视过任何其他人。我根本不想再见到他。"

"我想，"顾荣先生轻声地说，"太太可能没有机会再见到他了。"

他们都转过头来。刚才一直垂头盯着地板的顾荣先生再次抬起了眼睛。

"我相信太太知道阿特伍德先生无法再为她的故事作证了，

即使他想这么做也不可能了。"顾荣先生的声音突然变得尖锐起来，"太太肯定知道阿特伍德先生一直躺在董炯酒店里，因为脑震荡而不省人事？"

大概过了十秒钟，伊芙才反应过来。她努力从椅子里站了起来，直勾勾地看着警察局长。德尔摩特第一次注意到她穿了一件灰色的丝绸上衣和一条黑裙子。这身打扮衬托出了她粉白的面孔和灰色的大眼睛。德尔摩特似乎能感觉到她身体里的每一根神经，猜到她脑袋里的每一个想法；现在，他察觉到了一种新的情绪。

他能猜测到，伊芙刚才认为所有的指控都只是一场可笑的闹剧。可是现在情况完全不同，她突然意识到了这些指控的严重性。她不愿意相信，但是确实有一种可怕的风险。她看到了即将来临的危险，致命的危险——警察局长每一个温和的动作、每一句客气的话都散发着危险的气息。

"脑震荡……"她开口道。

顾荣先生点了点头。

"一星期之前，在凌晨一点半，"他继续说，"阿特伍德先生走进了董炯酒店的大堂。他乘坐电梯上楼去他的房间，在电梯里栽倒在了地上。"

伊芙用手按着太阳穴。

"但他就是在那个时候离开了我！天很黑，我看不清楚。他摔下去的时候，肯定把头撞到了……"她停顿了一下，又说，"可怜的奈德！"

托比·罗斯狠狠地用拳头砸了一下壁炉台。

顾荣先生礼貌的笑容中有一丝嘲讽的意味。

"很不幸，"他继续说，"阿特伍德先生曾经清醒过来一次。他解释说是被街上的一辆车撞到了，头撞在了马路牙子上。那是他说出的最后一句话。"

顾荣先生用一根手指在空中一划，就好像要为他话里的重点添一条完美的下划线。

"你现在明白了吧，阿特伍德先生大概无法为任何人作证了。他可能永远无法康复了。"

第 10 章

顾荣先生似乎满腹疑虑。

"也许我不应该告诉你这些。"他补充说,"是的,我的做法不太慎重。在拘捕嫌疑犯之前,我不应该如此坦率地……"

"拘……拘捕?"伊芙结结巴巴地问。

"太太,我希望你作好心理准备。"

所有人的兴奋度都达到了极点。他们过于激动,下意识地放弃了用法语交谈的习惯。

"他们不能这么做。"海伦娜喘息着,她含着眼泪,噘着嘴巴,不服气地说,"他们不能逮捕一个英国人,不能。可怜的莫瑞斯是英国领事的好朋友。再说,伊芙——"

"这很难解释。"贾尼丝困惑地喊道,"我是说,那块鼻烟盒的碎片。还有,如果你真的那么害怕这位阿特伍德先生,你为什么不大声呼救?如果是我,我就会这么做。"

托比怒气冲冲地踢了一脚壁炉的挡板。

"让我无法忍受的是,"他嘟囔着,"在我打电话的时候,那个家伙就在你的房间里。"

本舅舅什么都没有说。他总是沉默寡言。他是一个手非常巧的人，可以修理汽车，能用木头削制出玩具船，糊墙纸的技术绝对不亚于专业的工人。他仍然坐在茶点车旁边，吸着烟斗。他会偶尔看一眼伊芙，露出一丝表示支持的笑容；但多数时候，他不停地摇着头，温和的眼睛流露出忧虑。

"至于，"顾荣先生继续用英语说，"逮捕尼尔太太的问题……"

"等一下。"德尔摩特突然说。

他一开口，所有的人都吃了一惊。

德尔摩特一直坐在钢琴旁边黑暗的角落里，所以没有人看到他，或者说没有人注意到他。现在伊芙正目不转睛地盯着他；有那么一瞬间，他突然感到了一种熟悉的惊恐，就如同他当年刚知道自己有可能永远失去半张脸时那样。那种惊恐是痛苦的往事所留下的伤疤。正是在那段时间里，他意识到这个世界上最可怕的痛苦就是精神上的折磨，他也是因此才选择了现在的职业。

顾荣先生跳了起来。

"哦，我的上帝呀！"顾荣先生夸张地说，"我都忘了！朋友，我真是失礼，我深表歉意。我刚才太激动了……"

他一挥手。

"我向诸位介绍我的朋友，肯霍斯博士，一位英国人。这几位就是我和你提过的人：罗斯夫人，她的兄弟、女儿、儿子，这位是尼尔太太。你怎么样？你很好对吗？对。"

托比·罗斯皱起了眉头。

"你是英国人？"托比问道。

"是的。"德尔摩特微微一笑，"我是英国人。不过请不要为这个担忧。"

"我还以为你是顾荣的一个手下。"托比的语气里有一种抱怨的意味，"真见鬼，我们一直在说话。"他瞥了一眼大家，"我是说，我们毫不顾忌地说话！"

"哦，这有什么关系？"贾尼丝问道。

"我很抱歉。"德尔摩特在道歉，"我此刻打扰你们，只有一个原因——"

"我邀请了他，"顾荣先生解释说，"他确实是一位了不起的医生，在温坡街[1]有一间诊所；但是更出名的是对付罪犯，仅仅我听说的，就有三名臭名昭著的罪犯因他而落网。有一次是因为他发现某个罪犯把大衣扣子系错了扣眼，另一次是因为注意到了一个人的说话方式。他很善于分析，你们明白吧。所以我请他到这里来——"

德尔摩特直视着伊芙。

"因为我的朋友顾荣先生，"他说，"对不利于尼尔太太的证据的可信度有所怀疑。"

"老兄！"顾荣先生恼火地喊了起来，语气中充满责备。

"难道不是这样吗？"

"并不完全如此，"顾荣先生用相当阴险的语调说，"现在已经不是这样了。"

"但是我来到这里，想要向你提供帮助的真正原因，是我认

---

1. 位于英国伦敦威斯敏斯特市。

识你的丈夫……"

"你认识莫瑞斯？"海伦娜惊讶地问道，鉴于德尔摩特正看着她。

"是的。很久以前我在监狱里工作时认识的。你丈夫很热心于监狱的改革。"

海伦娜摇了摇头。尽管这是一位不速之客，她还是从椅子里跳了起来，向他表示欢迎。但是这一个星期以来的痛苦显然太可怕了，一旦有人提到莫瑞斯的名字，她眼睛里就会不可避免地泛起泪光。

"莫瑞斯不仅仅是'热心'。"她说，"他以前经常研究监狱里的人——我是说罪犯，他熟悉里面所有的罪犯，不过他们未必都认识他——因为他想要帮助他们，完全不是为了沽名钓誉。"她的语调变得有些懊恼，"哦，亲爱的，我在说什么呀？现在再想这些事情有什么意义？"

"肯霍斯医生。"贾尼丝的声音很小，但是很清晰。

"什么事？"

"他们刚才说要逮捕伊芙，是当真的吗？"

"我希望不是。"德尔摩特平静地说。

"你希望不是？为什么？"

"因为那样的话，我就得和我的老朋友顾荣先生争辩，甚至一直争到兰迪德诺[1]。不管我们是否愿意，你刚才已经听到了伊芙的遭遇。你有什么想法？你相信她所说的吗？"

---

1. 英国威尔士的一个临海城镇。

"我相信。"

顾荣先生礼貌地克制着怒火，并没有发表评论。德尔摩特冷静从容的个人魅力似乎感染了周围的人，让他们的神经都放松了一些。

"听到她的讲述，我们不可能无动于衷。"托比说，"我们都心神紊乱。"

"当然不可能无动于衷。"德尔摩特说，"但是你想过吗，这可能让尼尔太太也很难堪？"

"一个陌生人，"托比说，"不管怎么说，都很讨厌！"

"很抱歉，我会离开的。"

托比的内心似乎很挣扎。"我的意思并不是说让你离开。"他低吼道，因为怀疑和不满，他素日里愉快的面孔似乎扭曲了，"这件事情太突然了！一个男人下班回到家的时候，绝对不会喜欢听到这种事情。这一点你应该明白的，对吗？现在我想起来了，我认识的一个人以前见过你。也许是……大概……？"

德尔摩特尽力控制着自己，不去看伊芙。

伊芙需要帮助。她感到既惊恐又茫然；她正站在椅子旁边，两手握在一起，试图和托比四目相视。即使不是心理学家也能看得出来，她现在唯一需要的就是托比的一句安慰。但是她没有等来。注意到这一点，德尔摩特的心头涌起了一股无名的怒火。

"你希望我直言相告吗？"他问道。

也许托比的内心深处并不想这样，但他的手势等于是肯定的回答。"好吧，"德尔摩特微微一笑，"我想你必须拿定主意。"

"拿定主意？"

"是的。尼尔太太是犯有不忠之过，还是犯有谋杀之罪？她不可能两样都有，你很清楚。"

托比张开了嘴，但是什么都没有说出来。

德尔摩特扫视了一番众人的脸，继续用沉重而耐心的语调说："你们似乎都忘记了这一点。一方面，罗斯先生，你说在你和她通电话的时候，阿特伍德就在旁边，你一想到这个就无法忍受。随后，你又气势汹汹地要求她解释为什么睡衣花边上会有鼻烟盒的碎片……你们，作为尼尔太太的朋友，你们等于是给她同时定下了两条罪状。罗斯先生，你必须拿定主意。如果她来到这栋房子里谋杀了你的父亲——我实在想不出她能有什么动机——那么奈德·阿特伍德就不可能和她一起出现在她的卧室里，那么你就不应该为了所谓的不忠问题烦恼。另一方面，如果阿特伍德真的在她的卧室里，那么她就不可能跑到这里来谋杀你的父亲。"他停顿了一下，问道："你打算选哪一条，先生？"

他彬彬有礼而又带有讽刺意味的语调让托比觉得如鲠在喉，也让其他人都清醒了过来。

"医生，"顾荣先生坚定地大声说，"我希望和你单独谈一句。"

"很乐意。"

"夫人，"顾荣先生转过头，高声地对海伦娜说，"请允许我和肯霍斯医生去门厅里谈一谈，行吗？"

警察局长并不打算等待女主人回答，他紧紧地拽着德尔摩特的胳膊，就像小学老师对待不听话的学生。接着他打开了通向门厅的门，示意德尔摩特先走一步；他自己则向屋子里的其他人微微一鞠躬，然后也走了出去。

门厅里几乎是一片漆黑。顾荣先生触动了电灯开关，灯光照射出一间有着灰色拱形屋顶的门厅，还有一个铺着红色地毯的石头楼梯。他刚才一直在费力地用英语交谈，现在把门关好之后，他怒气冲冲地用法语对德尔摩特说："朋友，你的做法让我失望。"

"万分歉意。"

"更重要的是，你出卖了我。我把你带到这里来，是希望你对我有所帮助。可是老天，你都做了些什么？你能不能告诉我，你为什么要这么做？"

"因为那个女人是无辜的。"

顾荣先生在门厅里急速地走了几步，然后停下脚步，用非常疑惑不解、非常法国式的目光看了看德尔摩特。

"朋友，"他非常礼貌地问，"是理智在说话，还是情感在说话？"

医生没有回答。

"行了！"顾荣先生说，"我没记错的话，你不是自诩'科学事实热衷者'吗？我还以为至少你能不受尼尔太太魅力的影响。可是……天哪，这个女人简直是一个公共威胁！"

"我告诉过你了——"

警察局长怜悯地看着医生。

"亲爱的医生，我并不是侦探。不是，不是，不是！但是我对冲昏头脑的事情非常敏感。即使在黑暗中，隔着三千米，我也能感觉到冒傻气的男人。"

德尔摩特直视着警察局长的眼睛。"我以名誉担保，"他非常诚恳地反驳道，"我认为她并没有犯罪。"

"因为她讲的那些遭遇？"

"她讲的有什么不对吗？"

"我亲爱的医生！你问我？"

"是的，我是想问你。阿特伍德先生从楼梯上摔了下去，头撞在了墙壁上，这有什么不对吗？尼尔太太的叙述非常符合情理，作为一名医生，我有资格这么说。鼻子没有受伤却流鼻血，这是脑震荡最典型的症状之一。阿特伍德爬了起来，以为自己的伤没什么大碍；他步行回到酒店，然后摔倒在电梯里。这是非常典型的脑震荡的体现。"

听到"典型"这个字眼，顾荣先生似乎心动了。但是他并没有继续追问。

"你当然可以这么说，可是别忘了阿特伍德先生自己的证词……"

"这有什么不正常吗？他意识到他的伤情很严重。但他还没有失去理智，他想到决不能让别人联想到尼尔太太，或者联想到昂志街上发生的案件。他怎么能预料到她会成为谋杀案的主要嫌疑犯？我问你，他怎么可能预见到这一点？于是他胡编了一个被车撞倒的故事。"

顾荣先生做了一个鬼脸。

"我相信，"德尔摩特说，"你肯定比对了尼尔太太睡衣及腰带上的血样和莫瑞斯·罗斯爵士的血型？"

"当然了。我可以告诉你，两种样本都属于同样的血型。"

"哪种血型？"

"O 型。"

德尔摩特扬起了眉毛。"这并不能说明什么问题，对吗？占人口比例最多的就是这种血型。在欧洲大陆，百分之四十一的人都是这一种血型。你检测阿特伍德的血型了吗？"

"当然没有！我们为什么要检测他的血型？我今天是第一次听到尼尔太太的遭遇！"

"那就去验血型。如果他属于不同的血型，那么她的说法不攻自破。"

"啊！"

"但是，如果他的血型也是 O 型，那就是说你至少不能完全否认尼尔太太的说法。不管怎样，公平起见，在把那个女人投入监狱之前，你不觉得你应该验一下阿特伍德的血型吗？难道你不应该采取温和一点儿的态度？"

顾荣先生又开始在门厅里走来走去。

"我个人的看法是，"他大声地说，"尼尔太太听说阿特伍德被车撞倒的事，便利用这一点来完善她的说法。她非常自信，她相信那个同样鬼迷心窍的阿特伍德先生在醒来之后会为了她撒谎。你等着瞧吧！"

德尔摩特不得不承认，顾荣的分析很有可能是正确的。他愿意发誓说自己的判断是正确的，但是万一他判断错误了怎么办？他仍然能感觉到伊芙·尼尔对他心理上的干扰：此刻，她好像就站在他的眼前。

但是他非常坚定，相信他自己的判断、直觉和对人性的逻辑分析没有错——尽管这种逻辑有悖于自然法则的逻辑。他同样相信，如果他不使尽浑身解数帮助这个女人，她就会以涉嫌谋杀被送上被告席。

"动机呢？"他问道，"你想到什么能说得通的动机了吗？"

"让动机去见鬼吧！"

"别这样！发脾气没有任何意义。她为什么要谋杀莫瑞斯·罗斯爵士？"

"今天下午我告诉过你了。"顾荣先生回答说，"理论上来说，那种说法确实有可能，也算合情合理。在莫瑞斯爵士被谋杀那天的下午，他可能听到了一些不利于尼尔太太的可怕说法——"

"他听到了什么？"

"看在上帝的分上，我怎么可能知道？"

"那你为什么要这么说？"

"哦，医生，别说话，听我说！那个老人回到了家里，就像他们描述的那样神情古怪。他和霍拉肖，也就是托比，谈论了什么事情。两个人的情绪都很激动。然后在凌晨一点，霍拉肖先生给尼尔太太打了电话，向她通报了他们所知道的情况。尼尔太太跑到了街对面——当然情绪也很激动——找到了莫瑞斯爵士，为了那件事情和他激烈地争吵……"

"啊！这么说，"德尔摩特插嘴说，"你也只听对自己有利的说法？"

顾荣先生疑惑地眨了眨眼睛。

"对不起，你说什么？"

"我想你会发现，"德尔摩特继续说，"事实并非如此。没有发生争吵，没有恶语相加，甚至没有任何冲突。根据你自己之前的说法，当时莫瑞斯爵士正在专心地观察他心爱的鼻烟盒，凶手轻手轻脚地从背后接近耳背的老人，没有任何警告就直接下了黑手。是这么回事吗？"

顾荣先生犹豫着。

"实际上——"他说。

"好吧！你说是尼尔太太干的，那你说她这么做的理由是什么？因为莫瑞斯爵士知道一些关于她的事情？但是托比·罗斯显然也已经知道了，因为他刚刚通过电话向她通报了他父亲所听到的东西。"

"从某种意义上说，确实如此……"

"打个比方吧。假如我半夜给你打电话，说：'顾荣先生，区检察官刚刚告诉我，你是一个德国间谍，将被枪决。'你是否会立刻跑出去，杀死区检察官，以防一个我早已知道的秘密被泄露？同样的道理！如果真的有关于尼尔太太品行的问题，那她悄悄进入街对面的房子，在杀死她未婚夫的父亲之前，难道不会要求老人作出解释吗？"

"女人的行为，"顾荣先生郑重地说，"往往难以理喻。"

"但是绝对不可能达到这种程度，对吗？"

顾荣先生在门厅里转来转去，但是现在他的步伐变得非常缓慢。他垂着头，怒气冲冲，有好几次想说话，却又抑制住了自己的冲动。最后，他生气地摊开了手。

"朋友，"他大声喊道，"你这是在劝说我无视摆在眼前的证据！"

"可是，我们不能忽视疑点，对吗？"

"是的，"警察局长承认说，"有时候，我们会心存疑虑。"

"你仍然要逮捕她吗？"

顾荣先生大惊失色。"当然！区检察官毫无疑问会要求逮捕她。除非，"他的眼睛里闪过一丝嘲讽的意味，"我的好朋友，亲爱的医生，能够在接下来的几个小时之内证明她是无辜的。请告诉我，你有什么想法吗？"

"可以这么说吧，我有一个想法。"

"什么想法？"

德尔摩特再次直视着顾荣先生。

"在我看来，"他回答说，"凶手肯定是这个'愉快的'罗斯家族中的一员。"

第 11 章

通常情况下，拉邦德莱特的警察局长很少大惊失色，但是这一次他真的呆若木鸡。他盯着他的朋友，两只眼睛似乎要鼓出来了。过了一会儿，他抬起手指，探询地指向了关着的客厅门——似乎光凭动作就足以表达出他心中难以置信的程度。

"是的，"德尔摩特说，"我就是这个意思。"

顾荣先生清了一下嗓子。

"我猜你很想看看发生谋杀的那个房间。跟我来，你很快就能看到。在到那里之前，"他做了一个非常夸张的手势，要求他的朋友保持沉默，"什么都不要说！"

顾荣先生说罢飞快地转过身，率先走上楼梯。德尔摩特能听到他沉重的呼吸和低声的抱怨。

楼上的走廊也是一片黑暗，顾荣先生把过道灯打开，指了指前面书房的门。那是一扇很高的门，漆成了白色；那是一扇通向谜团的门，也可能是一扇通往恐惧的门。德尔摩特把手放在了金属门把手上，定了定神，然后推开了房门。

黄昏的微光斜斜地照进书房，一切都看不太分明。地板上铺着在法国很罕见的整块的地毯，而且这地毯非常厚实，和房门的下边缘紧密相贴，甚至开门关门都会蹭掉上面的绒毛。德尔摩特牢牢地记住了这个细节，伸手摸索着房门左边的电灯开关。

墙上有一上一下两个电灯开关。当他按动第一个开关，宽大的工作台上那盏有绿色玻璃罩的台灯亮了起来。他又试着按了第二个开关，房间中央的枝形吊灯亮了起来，那些玻璃棱柱交叠辉映，造型宛如一座亮晶晶的城堡，灿烂夺目。

在他面前是一个四四方方的房间，墙壁上的木质壁板微微泛着白光。他的正对面是两扇大窗户，铁制的百叶窗关闭着。左侧的墙壁上是白色的大理石壁炉。在他的右侧，宽大的工作台紧紧靠着墙，工作台前面的一把转椅被推开了一些。屋子里有几把镶着金边、罩着锦缎的椅子，正中央还摆着一张镶着金边的小圆桌。在铺着灰色地毯的房间里，这些家具都显得格外醒目。四周的墙边除了一两个书架之外，全部是带玻璃门的古董展示柜，在枝形吊灯的映照下闪闪发光。如果是在其他时候，德尔摩特肯定会对里面的展品感兴趣。

这个房间很闷，有一种刺鼻的清洗剂的气味，就像是死亡的味道。

德尔摩特走到了桌子跟前。

是的，有人曾经将这里认真地擦洗过。最初的血迹只有在吸墨纸和大号便笺上还能看得到，而且已经变成了暗棕色。莫瑞斯爵士遇害的时候就是在这个大号便笺上作的记录。

桌子上已经看不到被砸碎的鼻烟盒的痕迹了。在台灯微微泛绿的光芒之下，吸墨纸上零乱地放着一个放大镜、一个珠宝商专用的透镜以及其他办公用品。在便笺旁边有一支金钢笔，显然是从主人的手里掉落下来的。便笺上面有一行清晰、华丽、硕大的标题：鼻烟盒，形状如怀表，曾经是拿破仑一世的私人用品。然后是一段字体细小而工整的描述：

该鼻烟盒是拿破仑的岳父奥地利皇帝送给他的礼物，为了庆祝 1811 年 3 月 20 日拿破仑的儿子"罗马王"的诞生。鼻烟盒的直径为 $2\frac{1}{4}$ 英寸，金丝镶边，仿怀表上条柄轴为金质，表盘刻度、指针均由碎钻石制成；中间是拿破仑的饰章，即一个大写字母"N"……

字迹到此为止，后面是两点血迹。

德尔摩特吹了一声口哨。"这件东西，"他说，"肯定价值连城！"

"价值连城？"顾荣先生几乎是尖叫了起来，"难道我没有告诉过你吗？"

"可惜现在被打碎了。"

"先生，正如你现在看到的，"顾荣先生指着便笺说，"我也告诉过你，鼻烟盒的形状很奇特。莫瑞斯爵士的描述很清楚，这个鼻烟盒'形状如怀表'。"

"什么样的怀表？"

"就是普通的怀表！"顾荣先生掏出了他自己的怀表，举到了医生的眼前，"事实上，罗斯家族的成员告诉我，当莫瑞斯爵士第一次向他们展示这件宝贝的时候，他们真的以为这是一块怀表。然后爵士打开了它……他们才明白。另外请注意，木质的桌面上有几处凹痕，正是凶手的猛烈敲击留下的痕迹。"

德尔摩特放下了便笺本。

在顾荣先生焦虑的目光注视下，德尔摩特转过身，看向了房间另一头白色壁炉旁边那个放铁制炉具的架子。在壁炉台的上方，挂着一个青铜制成的拿破仑皇帝的圆雕像。炉具架上有一个空槽，少了一根拨火棍——凶手所使用的凶器。德尔摩特用目光测量了一下与炉具架的距离。一些尚不成熟的想法出现在他的脑海里，彼此激烈地碰撞着——他发现顾荣先生给出的证据中至少有一处矛盾。

"请告诉我，"他说，"罗斯家族的成员中，是否有人视力不佳？"

"哦，我的上帝！"顾荣先生喊叫起来，还举起了双手，"罗斯家族！你总是盯着罗斯家族！我说，"他的语气平静了一些，"现在这里没有其他人。没有人会听到我们说话。你能不能告诉我，为什么你如此肯定是罗斯家族的某个成员谋杀了老人？"

"我必须再问一遍，这家人当中，是否有人视力不佳？"

"亲爱的医生，对此我一无所知。"

"但是你可以轻易地查清楚？"

"那还用说！"顾荣先生犹豫着，他眯起了眼睛，"你在猜测，"他用手比划了一下，就好像在挥舞一根拨火棍，"凶手的视力不佳，所以在敲击受害者头部的时候，可能有几次没有击中？"

"很有可能。"

德尔摩特慢慢地在屋子里巡视，朝玻璃展示柜里面张望。一些展品在那里孤独地闪烁着光彩，另一些旁边则配有整洁的标签，上面用细小的铜版字体作出了说明。德尔摩特对古董收藏并不在行，他只熟悉一些贵重的玉石。但是通过观察展示柜里的展品，任何人都能明白：这个大杂烩当中有大量有趣但毫无价值的东西，却也不乏少数珍品。

展品中包括瓷器、扇子、圣骨匣、精美的钟表、一个摆满托莱多宝剑[1]的架子，还有一只箱子，里面专门收藏了在古老的新门监狱[2]被拆毁时收集的纪念物；那箱子在琳琅满目的小玩意儿当中显得沉重而暗淡。德尔摩特还注意到，在书架上的藏书当中，有一大部分是珠宝鉴定方面的技术专著。

"继续说？"顾荣先生追问道。

"还有一个问题，你刚才提到了另一个证据，"德尔摩特说，"你告诉过我，尽管没有丢失任何东西，但一条镶嵌着钻石和绿松石的项链被人从一个展示柜里面拿了出来。你还发现那条项链上沾染了少许血迹，被扔在了展示柜下面的地板上。"

顾荣先生点了点头，轻轻地敲了敲紧挨着房门左侧的一个玻璃展示柜。和周围的展示柜一样，这个柜子也没有上锁。顾荣先生用手指轻轻一触，玻璃门就平滑地弹开了。展柜里面的架子也是用玻璃制成的，在正中央最显要的位置上，为了更好地向观察者展示，那条项链被摆放在一个略微前倾的深蓝色天

---

1. 西班牙托莱多城精炼的好剑。

2. 伦敦著名监狱，建于十二世纪，于 1902 年关闭，1904 年被拆毁。

鹅绒托盘上。在灯光下，项链流光溢彩，和枝形吊灯的玻璃棱柱反射的光芒交相辉映。

"已经有人擦干净了项链，把它放回了原来的位置。"顾荣先生说，"这条项链原来的主人是朗巴勒夫人[1]——玛丽·安托瓦内特王后[2]的密友。朗巴勒夫人在拉弗斯监狱[3]外面被暴徒砍死的时候，就戴着这条项链。莫瑞斯·罗斯爵士的品味有些可怕，你不觉得吗？"

"有些人就是喜欢这种可怕的东西。"

顾荣先生轻轻地一笑。"你注意到旁边的东西了吗？"

"看起来，"德尔摩特瞥了一眼项链的左侧，"像是一个带有小轮子的音乐盒。"

"确实是一个带小轮子的音乐盒。哎呀，把一个这样的音乐盒放在玻璃架子上，多么糟糕的决定！我记得在案发的第二天，那会儿死者还坐在他的椅子里，我们在这个房间里检查现场，警长打开了这个展示柜。他的手碰到了音乐盒，于是它掉到了地面上……"

顾荣先生再次将手指向了音乐盒。音乐盒是木制的，看起来很沉，上面包裹着褪了色的锡制装饰图案。德尔摩特隐约地猜测到那是美国南北战争的场景。

"音乐盒摔下来时侧面着地，当即开始演奏《约翰·布朗之

---

1. 一名法国贵族，在法国大革命期间一直支持国王与王后，最后被投入监狱，经过匆忙的审判后被处死。

2. 法国国王路易十六的妻子，在法国大革命期间被斩首。

3. 巴黎的一座监狱，在十九世纪被拆毁。

歌》[1]。你听过那个调子吗？"警察局长轻轻地哼了几句，"我可以向你保证，音乐盒的音色棒极了。霍拉肖·罗斯先生怒气冲冲地跑了进来，警告我们不要碰他父亲的收藏品。本佳漫·菲利普先生说最近肯定有人摆弄过音乐盒。因为他是一个心灵手巧的技师，在几天前刚刚修好了这个音乐盒，并且上好了弦，但是现在它只响几个音节就自动停了。你相信吗，就这么一件小事竟引起了如此的轩然大波。"

"是的，我完全可以理解。就像我之前跟你说的那样，这是一起典型的谋杀案。"

"啊！"顾荣先生警觉了起来，"我就知道。我很想知道你为什么要这么说。"

"因为这是一起家庭内部谋杀。"德尔摩特回答说，"一桩看起来平静、安谧、发生在壁炉前面的谋杀，凶手几乎总是家庭内部的成员。"

顾荣先生用微微颤抖的手抹了一下额头。他四下看了看，似乎想要寻求灵感。

"医生，"他问道，"你是当真的吗？"

德尔摩特坐在了房间中央那张桌子的边缘，用手指捋了捋侧分的浓密的黑发。他似乎在努力调整视线，那双黑眼睛炯炯有神，似乎随时都会迸发出火花。

"有人在这里用拨火棍打死了另一个人，尽管敲一下就足够了，但那人却狠狠地敲了九下。考虑这个问题的时候，你会说：

1.美国南北战争时一首著名的进行曲，用以纪念美国废奴主义运动家约翰·布朗。

'这表明了凶手的凶残本性；凶手的做法毫无意义；凶手绝对是一个疯子。'然后你就把注意力从家族成员的身上转移开了，你认为那些温和的家人不可能做出这么野蛮的事情。

"然而这并不是罪犯的逻辑，更不可能是英国罪犯的逻辑——我特意强调这一点，是因为罗斯家族成员都是英国人。普通的罪犯往往都有一个明确、冷酷的目的，通常不会做出如此凶残的事情。普通的凶手何必要这么做？普通凶手的目标很明确：尽可能干脆利落地完成谋杀。

"但是一个家庭里的情况就不一样。因为住在同一个屋檐下，他们必须互相忍让，压抑自己的感情；然后他们之间的矛盾变得越来越难以忍受；最后这种被压抑着的敌意会突然爆发，酿成如此凶残的案件，以至于我们这些普通人完全无法相信。这种因家庭内部矛盾而产生的杀人动机往往会让外人瞠目结舌。

"随便举个例子。一个在非常虔诚的家庭里长大的体面女孩也有可能会杀掉她的继母，再杀害自己的生父，而且是用一把斧子反复地砍杀。除了一些琐碎的家庭矛盾，她的做法似乎没有任何明显的理由。再比如，一名人到中年的保险推销员会用一根拨火棍砸破妻子的脑袋，尽管他此前从来没有和妻子发生过哪怕一丁点儿争执。一个十六岁的文静女孩会去割破襁褓中小弟弟的喉咙，就因为她讨厌她的继母。这些案例你都无法相信，对吗？根本没有足够的动机？可是这些事情都发生了。"

"也许是中了魔。"顾荣先生说。

"恰恰相反，犯下这些可怕罪行的，都是和你我一样的普通人。至于尼尔太太……"

"啊！关于她，你有什么说法？"

"尼尔太太看到了一些事情。"德尔摩特凝神盯着他的同伴道，"别问我具体是什么！她知道凶手是这个家庭的一员。"

"那么，看在上帝的分上，她为什么不说出来？"

"她可能不知道是哪一个人。"

顾荣先生摇了摇头，嘲讽地一笑。

"医生，我觉得这个理由并不充分。同样，我担心你是否公正地分析问题。"

德尔摩特掏出了一盒黄色的马里兰香烟，用打火机点燃了一支，然后啪的一声合上了打火机，用一种让顾荣先生非常不安的表情看着他。德尔摩特在微笑，但那笑容里并没有愉悦，顶多带了点儿理论得到验证之后的满意。他深深地吸一口香烟，然后在明亮的灯光下吐出了一大团烟雾。

"根据你告诉我的证据可以判断，"他用一种平稳而深沉（几乎可以催眠）的声音说，"罗斯家族的某个成员刻意地撒了一个幼稚的、很容易戳穿的谎。"他停顿了一下，"如果我告诉你谎言的内容，你愿意认真再三考虑吗？"

顾荣先生舔了舔嘴唇。

但是他没有来得及回答。通往客厅的门被猛地推开了——实际上，德尔摩特早已经将手指向了房门，似乎在提醒顾荣先生——贾尼丝·罗斯出现在门口，她用手挡着眼睛，朝这边的房门里面张望。

很显然，这个房间仍然让她感到恐惧。她就像小孩子一样，匆匆地瞥了一眼空着的转椅。闻到房间里难闻的清洁剂气味时，她的身子似乎都僵硬了。不过她还是悄悄地走了进来，随手关上了门。她背靠着房门，黑色的连衣裙在白色的壁板前显得格外醒目。

"我到处都找不到你们。"她用英语对德尔摩特说，语气中有几分抱怨，"你们去了门厅，然后你们……算了！"她做了一个手势来表示两人消失了。

"小姐，然后呢？"顾荣先生问道。

贾尼丝没有理会他，目光转向了德尔摩特。她似乎在酝酿着，想要一口气说个痛快。然而她沉默了良久，滴溜溜乱转的眼睛在德尔摩特的脸上扫来扫去，最后，她只是以一种年轻人特有的直率脱口而出："你认为我们都对伊芙很凶蛮，对吗？"

德尔摩特微微一笑。

"我认为你勇敢地支持了伊芙，罗斯小姐。"德尔摩特在尽力压抑自己的情绪，但是每当他想到某个词汇的时候，他就不由自主地咬紧了牙关，感觉到一种无法抑制的怒火，"可是你的哥哥……"

"你不理解托比。"贾尼丝跺着脚大声喊道。

"也许是吧。"

"托比爱上了她。托比简单率直，脑袋里只有一根弦——道德廉耻。"

"Sancta simplicitas！"[1]

"你是说'神圣的头脑简单的人'，对吗？"贾尼丝直率地

1.拉丁语，意为"神圣的头脑简单的人"。

问道。她盯着德尔摩特，试图摆出一贯的满不在乎的样子，但是并没有成功。"你这么说，我并不感到奇怪。但是我希望你也从我们的角度来考虑一下问题。毕竟——"她伸手指向了转椅。

"他死了。"贾尼丝继续说，"我们现在只能想到这一件事情。当你突然听到有人指控你，你不可能满不在乎地说：'我当然知道不是那么回事，没有必要解释。'如果你那么说，你就不是一个正常的人。"

凭良心讲，德尔摩特必须承认贾尼丝的话没有错。他朝她一笑，似乎是给了她一种鼓励。

"也正因为如此，我当时就想问你一个问题。"贾尼丝继续说，"一个私下的问题，一个必须保密的问题，行吗？"

"当然啦！"不等德尔摩特回答，顾荣先生便插嘴接上了话，"对了，现在尼尔太太在哪儿？"

贾尼丝的脸色阴沉了起来。

"她在试图向托比解释。妈妈和舅舅悄悄地走开了。但是我想要问的问题……"她犹豫了一下，然后深深地吸一口气，直直地望着德尔摩特，"你还记得吧，刚才妈妈说过父亲以前对……对监狱改革很感兴趣？"

不知道为什么，"监狱改革"这几个字眼有一种丑恶的味道。

"然后呢？"德尔摩特说。

"是妈妈的那句话提醒了我。你应该也记得，我们都提到过父亲在被谋杀的那天下午神情很古怪？他散步回来之后就不对劲，不肯和我们一起去剧院，他的手在颤抖，脸色像幽灵一样苍白。在你们说话的时候，我突然想到以前我也曾经见他这样过——只见过一次。"

"接着说。"

"那是大概八年前，"贾尼丝说，"有一个叫作菲尼斯泰尔的油头滑脑的老家伙劝父亲搞商业投资，最后却骗了他的钱。我并不知道交易的细节，我当时还太小，对生意也没什么兴趣。其实，我现在对生意也没有任何兴趣。但是我清楚地记得那件事情造成的可怕骚乱。"

顾荣先生正一只手拢在耳边，倾听这两人的对话。听到这个新的情况之后，他显得很疑惑。

"这可能会很有趣，"他说，"不过，坦白地讲，我不明白……"

"等一下！"贾尼丝恳切地对德尔摩特说，"要知道，菲尼斯泰尔很狡猾，没留下任何把柄，我们无法起诉他。我父亲往往记不住别人的长相，但是有时候，他会在不经意间突然记起一些人。后来，当菲尼斯泰尔和他说话的时候，他突然想起了菲尼斯泰尔的真实身份。

"菲尼斯泰尔实际上是一个名叫马克空泰林的犯人，在假释期间，他逃走了，消失了。我父亲一直对他的案子很感兴趣，但他从没有见过我父亲，也不知道我父亲是什么人。于是这位马克空泰林毫无防备地出现在了父亲面前。

"当马克空泰林，或者说菲尼斯泰尔，明白自己被人识破之后，他哭哭啼啼地苦苦恳求我父亲不要告发他。他愿意归还骗走的钱财，还谈到了他的妻子和孩子。他说只要父亲不把他送回监狱，他愿意做任何事情——任何事情。母亲说父亲当时脸色苍白如幽灵，他上了楼，在浴室里呕吐。因为他讨厌——从心底里讨厌——把罪犯送进监狱，但这并不等于说他不会这么做。我相信哪怕是我们家有谁犯下了不可饶恕的罪过，他也会毫不犹豫地将其送进监狱。"

贾尼丝停顿了一下。

她刚才一直在飞快地叙述，连声调都没变过，嘴唇早已经发干了。她不停地扫视着房间，就好像她仍能在展示柜之间看见父亲的身影。

"于是他对菲尼斯泰尔说：'我给你二十四小时的时间逃亡，过了二十四小时之后，不管你是否成功逃走，我都会把你的所有详细信息，包括你的新生活、新名字、新家庭住址，全部告诉苏格兰场。'父亲真的这么做了。最后菲尼斯泰尔死在了监狱里。母亲说在那段时间里，父亲一口饭都吃不下。你瞧，他喜欢那个人。"

贾尼丝意味深长地着重强调了最后一句话。

"我不想让你们认为我是一个喜欢腹诽的小女人。我并不是这样的，不是，真的不是！我是说，我不想变成那样，别根据我的话胡乱猜测。不过我也得承认，我以前一度有过这样的时候。"

她再次盯着德尔摩特的眼睛，问道："你觉得伊芙·尼尔有没有进过监狱？"

第 12 章

在楼下的客厅里，只有伊芙和托比两个人。房间里唯一的光源是一盏有金黄色罩子的落地灯，而且是在一个远远的角落里。他们都不想看清楚对方的脸。

伊芙在四处寻找她的手包，可是她心乱如麻，怎么也找不到。她在房间里漫无目的地乱转，反复检查着同样的位置；最后，当她的脚步转向房门的时候，托比匆匆地跑了过去，挡在了门口。

"你想要走？"他问道。

"我想找我的手包。"伊芙茫然地说，"然后我就得走了。请你别挡着那扇门，好吗？"

"但是我们必须把事情谈清楚！"

"有什么可谈的？"

"警察认为——"

"正如你听到的那样，"伊芙对他说，"警察要来逮捕我。所以我最好回去准备一下，没错吧？我希望他们允许我收拾一下行李。"

托比面露难色。他抬起一只手，揉着前额。

正义必须得到伸张！他并没有意识到自己现在的样子显得

多么高贵，多么英勇，多么像一个殉道者：他扬着下巴，很显然已经下定了决心要做正义的事情——不管这对他来说有多么痛苦。

"你应该清楚，"他说，"我会支持你。我一定会的，你要相信我！"

"谢谢。"

托比没有听出伊芙话里的讽刺意味。他凝神盯着地面，开始叙述自己的想法。

"不管发生了什么事，他们都不能逮捕你。这是最重要的事情。我怀疑他们并不是当真的，可能只是在虚张声势。我今天晚上就会去找英国领事。你知道的，如果他们真的逮捕你，霍肯森银行方面会很不高兴。"

"我相信你们当中没有人会喜欢这样。"

"伊芙，你并不理解这些事情。霍肯森银行是英国最古老的金融机构之一。台面上的人不能让人在背后说闲话，诸如此类的事情——就像我经常说的那样。我必须要想办法维护我们的形象，请你不要责怪我。"

伊芙的神经都绷紧了。

"托比，你认为是我谋杀了你父亲吗？"

她突然注意到托比平日木讷的脸上闪过一丝狡黠，这让她吃了一惊，她还从来没有在托比的脸上见到如此隐秘的表情。

"你从来没有谋杀任何人。"托比沉下了脸回答道，"是你那个可恶的女仆在背后捣鬼，我要是说错了，我就是傻瓜。她——"

"托比，你对她有什么了解？"

"一无所知。"他深深地吸了口气道，"但是我真的认为你的做法对我有点儿不公平，"他语气里指责的意味越发明显，"就在我们关系如此融洽、诸事如意的时候，你却又和那个叫阿特伍德的家伙混在一起。"

"你是这么认为的吗？"

托比看起来痛苦万状。

"我还能怎么认为？行了，让我们开诚布公！告诉你吧，我并不像你所想象的那样老派，我完全不是贾尼丝嘲笑的那种人。实际上，我为自己观念开放而颇感自豪。我并不知道，也不想知道你在遇到我之前的生活经历。我会宽恕并且忘记你所有的过去。"

伊芙半晌没有答话，只是看着他。

"算了，别管这些，"托比继续急切地说，"一个男人总会抱有一些理想。是的，理想！当他想要娶一个女孩的时候，他期望她能符合那些理想。"

伊芙突然找到了她的手包。手包其实就在她的眼前，放在一张非常显眼的桌子上，她想不通为什么自己经过那张桌子无数次，居然都没有看到。伊芙拿起了手包，急匆匆地打开，下意识地朝里面看了一眼，然后向房门走去。

"请别挡着路。我要走了。"

"别这样，你现在不能走。万一你碰到警察，甚至是记者，或者其他什么人，你怎么办？你现在神经这么紧张，天知道你会说出什么。"

"我猜霍肯森银行的人不会喜欢？"

"好吧，我没有必要装腔作势地说我不在乎。伊芙，在这件事情上我们都必须现实一点儿。你们这些女人总是不明白。"

"你知道的，快到晚饭时间了。"

"不过我可以作出牺牲——是的，我愿意作出牺牲。我甚至可以让霍肯森的人都去见鬼，只要你在一件事情上跟我说实话。我对你这么坦率，那么你能不能也对我坦诚相告？你是不是又和阿特伍德好上了？"

"没有的事。"

"我不信。"

"你既然不信，"伊芙说，"又何必翻过来调过去地问我同样的问题？请你让开路，行吗？"

"哦，很好。"托比叉着胳膊，傲慢而恼怒地说，"如果这就是你的回应。"

他扬着下巴，以一种淡漠却绅士的态度，小心谨慎地挪开了身子。伊芙犹豫着。她爱这个男人。如果是在其他情况下，她肯定会去安慰他，但是这一次不行，即便他的痛苦如此真实、如此明显、如此强烈，她也不会动摇。

她从他的身边跑过，进入了门厅，随手关上了身后的门。

门厅里耀眼的灯光让她一时目眩。等她适应了光线之后，才发现本舅舅正在盯着她，喉咙里发出了声响。

"嗨！"本舅舅说，"要走了？"

（千万别再来一遍！求你了，上帝，别再来一遍！）

本舅舅有一个令人尴尬的习惯：他总是想偷偷表达同情，

又不愿让人注意到。他用一只手挠了挠灰白的头发，另一只手里捏着一个皱巴巴的信封，就好像他不知道该拿它怎么办。

"噢——差点儿忘了，"他补充说，"给你的信。"

"我的信？"

本舅舅朝前门的方向点了点头。"十分钟之前在信箱里发现的。很显然，是有人亲自送来的。不过，上面有你的名字。"那双温和的冰蓝色眼睛落在了伊芙的身上，"也许是很重要的信件？"

伊芙并不在乎这封信是否重要。她接过了信，瞥了一眼写在信封上的名字，然后把信塞进了手包里。本舅舅把一个空烟斗放进了嘴里，大声地吸着；他内心似乎正在激烈地斗争着，不知道如何开口。

"在这个家里，我并不算什么，"他突兀地说，"不过——我站在你这一边。"

"谢谢。"

"永远。"本舅舅说。他朝伊芙伸出了手，但她却本能地往后一缩；动作迟缓的老人僵住了，就好像挨了一个耳光。"怎么啦，亲爱的？"

"没什么。抱歉！"

"就像手套，是吗？"

"什么手套？"

"你知道的。"本舅舅再次用温和的目光盯着伊芙的脸，说道，"上次我修理车子的时候，戴着一副棕色的手套。我只是不明白，为什么你讨厌棕色的手套。"

伊芙转过身，跑了出去。

外面的街道上一片昏暗，芬芳的九月之夜似乎比春天更加令人陶醉。路灯在栗子树之间投下了淡白色的光。逃离了气氛压抑的布洛尔别墅后，伊芙好像突然闯进了一个自由的世界。但是对她而言，这个自由的世界似乎并不长久。

棕色手套。棕色手套。棕色手套！

她走出了院门，在围墙的阴影里停下了脚步。她想要独自一人，就像把自己关在一个盒子里那样，远离充满暗示的声音和偷窥的眼睛，在黑暗中没有人能看到她。

你这个傻瓜，她自言自语道。你为什么不站出来，将你所看到的东西坦诚相告？为什么你不告诉他们那个房子里有个人戴着棕色的手套，是一个狡猾的伪君子？你说不出口，无法吐出那几个字。可这是为什么？对他们的忠诚？害怕他们听到这样的指控之后，会对你更加冷淡？还是仅仅为了忠于托比？不管他有多少缺点，至少他是诚实、直率的？

可是伊芙·尼尔，你并不欠他们任何人，至少你现在丝毫不需要对他们忠诚了。

最让伊芙反感的是假惺惺的眼泪。不对，你不能一竿子打死，认为罗斯一家人都有罪责。除了某一个人之外，其他人都和伊芙一样震惊和疑惑。可是那个身份不明的人，那个和大家一样用责难的眼光看着伊芙的人，曾经镇定自若地谋杀了莫瑞斯爵士——就像拌一盘沙拉那样满不在乎。

而且他们所有人都毫不犹豫地相信她是一个轻浮的女人，都那么"观念开放"，那么轻易地宽恕了她。其实归根到底，真正让伊芙怒不可遏的正是这一点。

也许这并不像她想象的那么糟糕。他们都心神紊乱，他们有权利胡思乱想。但是伊芙痛恨他们那种类似恩赐的态度。

同时还有什么呢？

当然了，监狱。

这不可能是真的！不可能发生这种事情！

只有两个人——不管是无意的还是刻意的——表现出了正派，让伊芙心存感激。其中一个是那个可鄙的奈德·阿特伍德。奈德从来不宣扬什么"美德"，但是为了掩护她，他撒了一个谎。另一个人是那位医生。她已经记不清他的名字了。而且不管多么努力地回忆，她都想不起来他长什么样子了。不过她记得他的表情，那双闪闪发亮的黑眼睛证明他痛恨虚伪，他的睿智像宝剑一样锋利：在罗斯家的客厅里，他嘲讽的声音一响起，他们假惺惺的姿态就如肥皂泡般被瞬间刺破。

问题是，即使奈德·阿特伍德说了实话，警察会相信他吗？

奈德受了伤，神志不清。"恢复的希望渺茫。"伊芙正在为自己的安危焦虑，几乎快要忘记他现在生命垂危。如果她大胆地违背罗斯一家的意愿，前去医院探望，对奈德会不会有什么帮助呢？可是，眼下她既不能给奈德打电话，也不能给他写信……

信。

伊芙站在昂志街边凉爽的阴影下，手指紧紧地攥着她的手包。她打开了手包，看了看那个皱巴巴的信封。

伊芙迈着坚定的步子穿过了昂志街，走到了离她自己的院门不远的路灯下面。她借着灯光检查着那个灰色的信封。信封已经被封好了，上面用小小的法语字母写了她的名字。有人亲自送来了这封信，并且扔进了别人家的信箱。这个信封看起来普普通通，并不能令人生畏，应该也不会有什么威胁。但是当她拆开信封的时候，她不由自主地心跳加速，有一股暖意涌到了她的嗓子眼上。信封里面是一张简短的字条，没有署名，用的是法文。

如果太太想知道一些可能对你现在的处境有所帮助的信息，请在晚上十点之后前往哈普街十七号。大门开着，请直接进去。

在她的头顶上，树叶正沙沙作响，在灰色的信纸上洒下了晃动的影子。

伊芙抬起了眼睛。她的面前就是她自己的别墅，伊薇特·拉图尔应该已经准备好了晚饭——厨娘不在的时候，由伊薇特代劳。伊芙折好了字条，然后把信封放回了手包里。

伊芙的手还没来得及碰到门铃，伊薇特就已经从里面打开了门——她看起来和以往一样干练，也一样面无表情。

"太太您的晚饭已经准备好了。"伊薇特对她说，"半个小时之前就准备好了。"

"我不想吃什么晚饭。"

"但是太太应该吃一点儿东西。要保证体力。"

伊芙与女仆擦肩而过，走向楼梯，走进了摆着许多钟表和镜子、宛如珠宝盒般明亮的客厅。她转过身，生气地问道："为什么？"她从来没有像现在这样清楚地意识到，这个房子里此刻只有她和伊薇特。

"我问你，为什么？"伊芙再次发问。

"请信任我，太太。"伊薇特意外地表达出了善意，但是回避了女主人的质问，她睁大了眼睛，把一双像摔跤运动员一样强壮的手放到了屁股后面，"在我们的生活中，每个人都必须鼓起勇气。不是吗？"

"在莫瑞斯·罗斯爵士被谋杀的那天晚上，你为什么把我关在外面？"

一片寂静，你甚至能听到钟表的嘀嗒声。

"太太？"

"你听到我的话了！"

"我听到了太太的话，但是我不明白。"

"你向警察说了我的什么事情？"伊芙问道。她觉得心脏在收缩，两颊似乎在燃烧。

"太太？"

"为什么我那件白色的、带花边的睡衣还没有从洗衣店拿回来？"

"哎呀，太太！我不知道。有时候他们慢得要死，不是吗？……太太想什么时候吃晚饭？"

伊芙的质疑被瓦解了，就像莫瑞斯·罗斯爵士的一个瓷盘子一样摔成了碎片。

"我告诉过你我不想吃晚饭。"伊芙说着抬起脚迈上了第一级台阶，"我要回自己的房间了。"

"也许我可以给太太准备一些三明治？"

"好吧，如果你愿意的话。再准备一点儿咖啡。"

"好的，太太。您今天晚上还要出去吗？"

"也许吧，我不知道。"

伊芙顺着楼梯跑了上去。

在她自己的房间里，锦缎窗帘已经被拉好了，梳妆台上方的灯亮着。伊芙关好了门。她呼吸急促，胸腔里好像有一个空洞，心跳似乎微不可察，两膝也发软，血液似乎都冲到了她的头顶，而不是脸颊。她跌坐进安乐椅里，想要放松一下。

哈普街十七号，哈普街十七号，哈普街十七号。

卧室里没有钟表。伊芙偷偷地下了楼，在一处空着的房间里找到了一个，拿回了卧室。钟表嘀嗒作响，就好像是炸弹的定时器。她把表放在了五斗橱上面，然后走进浴室去洗脸洗手。当她从浴室里出来的时候，小桌子上已经放好了一盘三明治和一壶经过过滤的咖啡。她什么都吃不下，只喝了一些咖啡，还不停地抽烟。座钟的指针从八点三十分转到九点，然后是九点三十分，最后指向了十点。

伊芙曾经在巴黎旁听过一次对谋杀犯的审判。是奈德带她去的，他认为看庭审和看笑话一样有趣。真正让她感到吃惊的是人们在法庭上居然那样大喊大叫。有好几个穿着长袍、戴着平顶帽子的法官和控方律师一起对受审者咆哮，催促他认罪。

当时伊芙觉得这很古怪，很荒诞可笑。但是对法庭上那个脏兮兮的受审者来说，就一点儿也不可笑了。他满是黑垢的手指死死地攥住被告席的边缘，他高声地叫嚷，回应着法官和控方律师的发问。当他们打开门押他入庭的时候，门上的两个大锁当啷作响，门后的走廊似乎散发着木馏油的气味。现在伊芙似乎又闻到了那种气味，让她联想到可能发生的事情。

她坐在那里，忙着胡思乱想，根本没有注意到下面街道上的吵闹声。

但是她听到了门铃的声音。

楼下隐约传来了细微的咕哝声。然后伊芙听到有人踩着楼梯的地毯上楼，发出啪嗒啪嗒的脚步声——伊薇特上楼梯的速度明显比以往任何时候都快。伊薇特敲了敲卧室的门，她仍保持着恭敬的态度。

"太太，楼下有很多警察。"伊薇特报告说。她的语气里透出明显的喜悦和那种大功告成时赤裸裸的满足。伊芙见此嘴唇发干。伊薇特又问："我要不要告诉他们，太太会下楼去见他们？"

伊薇特说完之后，她的话音仍然在伊芙的耳朵里回响了片刻。

"带他们去前面的客厅，"伊芙听到自己的声音在说，"我马上就下楼。"

"好的，太太。"

房门一关上，伊芙就站了起来。她走向衣橱，从里面拿出一条短的毛披肩，裹在了脖子上；又查看了一下手包，确定里面有现钱。然后她关掉了电灯，悄悄地走了出去。

伊芙小心地避开了那根松了的压条，轻手轻脚地飞快下了楼，没有人听到她的动静。她几乎分毫不差地掐算着伊薇特每个时间点会做什么。前面的客厅里隐约传来了咕哝声；客厅的门半开着，伊薇特面朝房门，举起了双手向执法者表示欢迎。伊芙朝那边匆匆一扫，瞥见了一只眼睛和一撮胡须，但是她相信没有人看到她。两秒钟之后，她已经穿过黑暗的饭厅，走进了更加黑暗的厨房。

　　还像上次一样，她打开了厨房后门的弹簧锁。不过这一次她自己回身关好了门。接着她走下台阶，步入了挂着露珠的后花园，远处灯塔的光芒在她的头顶扫来扫去。她匆忙地穿过花园的后门，拐进了那条小巷。三分钟之后，她出现在昏暗而整肃的赌场大道上，站在阴影里招了一辆出租车。没有人注意到她，除了某个人花园里拴着的一条狂躁的狗。

　　"哈普街十七号。"伊芙说。

第13章

"就是这里？"

"是的，太太。"出租车司机说，"十七号，哈普街。"

"这是一座私人住宅吗？"

"不是的，太太。这是一家商店。一家花店。"

这条街位于拉邦德莱特并不算繁华的区域，也就是说，它接近海滨大道和海滩。来拉邦德莱特度假的英国富人总是对这个区域嗤之以鼻，因为这里看起来和滨海韦斯顿、佩恩顿、福克斯通[1]没有区别（实际上也确实如此）。

白天的时候，这里的一切都律动着，一片灰色的小街道和商店繁忙喧闹，满眼都是纪念品的色彩，到处都插着风车、玩具水桶和小铲，随处可见柯达胶卷的黄色标志，以及像模像样的家庭式小酒吧。可是在深秋时节的夜晚，这里的大部分街道都变得昏暗而潮湿。哈普街是一条弯弯曲曲的街道，两侧都是高高的房子，像一张大嘴吞没了那辆出租车。出租车在一间没有灯光的商店门口停了下来，伊芙感到一种惊恐，甚至不愿意

---

1. 英国的三个海滨城市。

下车。

她坐在原位，手扶在半开着的车门上，借着计程表的微光看了一眼司机。

"一家……花店？"

"没错，太太。"司机指了指商店橱窗上面勉强可辨的白色招牌。"天堂的花园，精选花草。不过你知道，商店已经关门了。"他善意地补充说。

"我明白。"

"太太是不是想让我送您到其他地方？"

"不用。就这里。"伊芙钻出了出租车，不过她仍然犹豫不决。"你知不知道这家花店的店主是谁？"

"啊！店主。不知道。"司机仔细地想了想，然后说："我确实不知道店主是谁。不过，我很熟悉花店的经营者拉图尔小姐。我们叫她布玉小姐。一位非常和气的年轻女士。"

"拉图尔？"

"是的，太太。您是不是不舒服？"

"我没事。她是不是有一个亲戚……姐妹或者姑姑，叫作伊薇特·拉图尔？"

出租车司机吃惊地瞪着她。

"我的天哪，这也太难为人了！很抱歉，太太，我答不上来。我只知道这家花店干净整洁，像布玉小姐本人一样漂亮。"（伊芙觉得昏暗中，司机的眼睛正好奇地盯着她。）"太太是否需要我在这里等您？"

"不用。哦！需要的，也许你最好等一等。"

伊芙想再问一个问题，但是又忍住了。她猛地转过身，匆匆地穿过人行道，来到了花店跟前。

在她的身后，面无表情的出租车司机心中暗想：

上帝呀，真是个漂亮的女人，而且肯定是英国人！让我猜猜看，也许是布玉小姐和这位太太的男朋友偷欢，被太太发现，于是跑来复仇？如果是那样的话，我说老马斯尔，你最好挂上车挡，赶紧从这里溜开——说不定会有人泼硫酸。不过说起来，英国人似乎并不喜欢泼硫酸，但是他们的脾气都很古怪，我曾经见识过，当男主人喝醉酒的时候，女主人说话的口气就是这样。好的，这里应该会上演一些有趣的东西，应该不会那么可怕。再说，她还欠我八法郎四十生丁。

伊芙自己的想法可没有这么简单。

她在花店门口停留了一下。店门的旁边就是擦得一尘不染的、厚厚的玻璃橱窗，店里面一片黑暗。灰暗的房顶上露出了月亮的边缘，但是月光被玻璃橱窗反射，更影响了她的视线。

十点之后前往哈普街十七号。大门开着，请直接进去。

伊芙转动了门把手，发现门并没有锁。她推开了门，下意识地期待着门的上方会有清脆的铃声。但是没有任何声音，一片宁静和漆黑。她心里七上八下，完全不明白这种宁静和漆黑的意味，所以就没有关门，和外边街道上的出租车司机之间少一道屏障，好歹能让她安心一些。

伊芙走进了花店。仍然没有动静……

一踏进门，她就感觉到了空气中的清凉、潮湿和芳香。这似乎是一家并不算大的花店。从低矮的天花板上垂下来一根链子,上面挂着一只盖着布的鸟笼,就紧靠在她右手边的玻璃窗上。月光斜斜地倾泻在地板上,使得堆满了艳丽花朵的房间有一种幽灵出没的感觉,一个花圈在墙上投射出了硕大的影子。

伊芙走过了柜台和收款机。混杂的花香似乎渐渐被湿气冲淡了,她注意到花店的深处透出一线黄色的灯光。那里有一道厚重的门帘,遮住了通向里屋的走廊;灯光透过帘底的缝隙洒在了地板上。就在这时,门帘后面传来了一个女孩轻快的声音。

"外面是谁?"那个声音用法语问道。

伊芙迈步向前,分开了门帘。

里面的景象只能用"温馨"来形容,到处都洋溢着家庭生活的气氛。她的面前是一个小小的、温暖而舒适的客厅,墙纸的色调不够高雅,但是让人联想到家的感觉。

壁炉台上方有一面镜子,周围是很多木制的收藏格。壁炉里面堆着法国人称作"圆球"的煤块,燃烧着明亮的火焰。房间中央的桌子上摆着一盏挂有流苏的台灯。房间里有一张沙发,上面摆着洋娃娃。在钢琴的上方挂着一个相框,里面是全家福。

布玉小姐坐在一把安乐椅里面,表情平静而怡然。伊芙从来没有见过她,但是顾荣先生和德尔摩特·肯霍斯肯定会认出她。她的穿着很有品位,而且仪态优雅。听到脚步声,她抬起了一双黑色的、娴静的大眼睛,看向伊芙。在她旁边的桌子上放着一个针线篮,她正在修补一条粉色吊袜腰带上的破口,轻巧地用牙咬断线头——这个动作最为明确地描绘出了温馨而日常的家庭场景。

在她的对面坐着托比·罗斯。

布玉小姐站了起来，放下了针线和吊袜腰带。

"啊，太太！"她轻快地说，"你收到了我的字条，是吗？太好了。请进来。"

一阵长久的沉默。

伊芙的第一个冲动，一种不够贤淑的冲动，就是朝托比哈哈大笑。但是这并不可笑，一点儿都不可笑。

托比僵硬地坐在那里。他回视着伊芙，就好像中了魔，无法躲避她的目光。他的脸上出现了暗红色，并且不断扩大，似乎整张脸都要爆裂开来。如果你想了解他心里有多愧疚，你只要看看他脸上的表情就全能明白了——这毫无疑问会让你感到痛心。任何男人看到他此刻的表情，都会对他深感同情。

伊芙暗想：我随时有可能发疯。但是现在不能发疯，不能。

"是你……你写的那个纸条？"伊芙不由自主地问。

"我很抱歉！"布玉小姐回答说。她露出一个焦虑的笑容，显得非常关切。"可是，太太，做事情不能优柔寡断。"

她走到了托比旁边，看似随意地吻了一下他的额头。

"可怜的托比，"她说，"我是他的小朋友[1]已经这么长时间了，可是他似乎一直不明白。我想现在应该开诚布公地谈一谈。对吗？"

"是的。"伊芙说，"无论如何都应该谈一谈。"

布玉小姐俊俏的面孔再次变得平静而自信。

"太太，瞧你，我并非一个欢场女孩，我是个有教养、有

---

1. 在法语中"小朋友"的另一个意思是"女朋友"。

家庭的年轻女孩。"她指了指钢琴上方的全家福道，"那是我的父亲，我的母亲。我的舅舅，阿塞纳。还有我的姐姐，伊薇特。当然，我有时也会陷入情感的陷阱无法自拔……好吧！一个正常的女人难道没有这种权利吗？"

伊芙看着托比。

托比正要站起来，但是又坐了下去。

"可是请注意！"布玉小姐说，"我们有一个不言自明的约定……至少我天真地这么认为……罗斯先生并不是轻浮的人，他和我交往的目的是婚姻。然后我听到了他和你订婚的消息。不，不，不行，不行！"她的声音含着谴责，变得越来越空洞，"请你说！这公平吗？这正当吗？这是体面的做法吗？"

她耸了一下肩膀。

"不过，我了解这些男人！我的姐姐伊薇特被气得发疯。她说她要想一个办法，破坏你们的婚约，让我回到罗斯先生的怀抱里。"

"这都是真的？"伊芙逐渐明白了很多事情。

"但是我，我并不是那样的人。我不会追在别人的屁股后面。我讨厌那种做法！如果这个托比见异思迁，世界上还有其他男人。但是……我相信作为一个女人，太太会同意我的观点……鉴于我损失了时间，感情上也遭到了创伤，我认为我有权利得到小小的补偿。对吗？"

托比终于能说出来话了。

"你给她写了一张字条？"他茫然地问。

布玉小姐没有理会他，只是漫不经心地朝他温柔一笑。她现在是要和伊芙谈判。

"我请求他作出补偿，这样我们就能友好地分手。我对他没有恶意，对他的婚事也表示祝贺。但是他敷衍我，说他手上没有钱。"

布玉小姐的目光透露了她说这些话的意图。

"后来他父亲死了。这让人很伤心，"布玉小姐看起来很诚挚地说，"整整一个星期，我都没有去打搅他——除了向他表示安慰。另外，他说他是父亲的遗产继承人，说他现在有能力好好地补偿我了。可是请注意！就在昨天，他又说他父亲的生意搞得一团糟，说没有多少遗产，还说我的邻居维伊先生，那位艺术品商人，一直在追讨一个被打碎的鼻烟盒的款项。真是难以置信，一个鼻烟盒竟然价值七十五万法郎。"

"那张字条……"托比又说。

布玉小姐还是没有理会他，而是对伊芙说："是的，字条是我写的。我的姐姐并不知道这件事。这是我自己的主意。"

"你为什么要写那张字条？"伊芙说。

"太太，你难道还要问吗？"

"我确实要问。"

"但凡是个明眼人都能看得出来。"布玉小姐噘着嘴，不满地说。她走过去，抚弄着托比的头发。"我很喜欢这个可怜的托比……"

被提到的那位绅士跳了起来。

"另外，说实话，我并不富有。但我想你会承认，"布玉小姐一边解释，一边踮起脚尖，满意地欣赏着壁炉上方镜子里面的自己，"我把自己弄得很不错。嗯哼？"

"很了不起！"

"好的！太太很富有，至少我是这么听说的。我想你是一个明事理的人，有教养的人，应该用不着我详细说了？"

"我还是不……"

"太太想要嫁给我可怜的托比。想到要失去他，我就感到难过；不过我是那种通情达理的人，我有自己的主见，不会干涉别人的生活。但是在这种事情上，你明白吗，必须要现实些。如果太太你本人愿意作出小小的补偿，我相信这件事情能以最圆满的方式结束。"

又是一阵长久的沉默。

"太太为什么要发笑？"布玉小姐换了一种语气，声音也更加尖锐了。

"对不起。我并没有发笑。只是……太有趣了。我能坐下吗？"

"当然！瞧瞧我，竟然忘了最基本的礼仪！这里有一把椅子，请坐。这是托比最喜欢的椅子。"

托比脸上的尴尬和被人抓个正着的羞辱感已经消退了。他不再是一副满脸羞愧、眼神迷茫的样子（就像那种坚持到第十五个回合的拳击手，让你忍不住想要拍拍他的后背，说："没事的，老伙计。"）。

他的样子仍然很呆板，但心头的怒火和为自己辩护的欲望正在腾腾升起。不管什么人，也不管你是否喜欢，总是无法摆脱人的本性。他现在处于非常尴尬的境地，因此他必须找一个人出气——是谁并不重要——来补偿他受伤的自尊心。

"出去。"他对布玉说。

"先生？"

"我说了，出去！"

"难道你忘了吗，"伊芙冷冷地提醒托比，让他当即一愣，"你难道忘了吗，这是拉图尔小姐的房子。"

"我不在乎这是谁的房子。我是说……"

托比用手揪着头发，似乎在死死地压着他的头骨。他使尽全身的力气控制住了自己的情绪，挺直了身子，沉重地呼吸着。

"离开这里。"他请求道，"请离开。快走。走开。我要和尼尔太太谈一谈。"

布玉小姐脸上的疑虑烟消云散了，她深深地吸了口气，变得异常友善。

"当然可以。"她愉快地说，"太太想要讨论一下补偿方式的问题？"

"差不多吧。"伊芙回答道。

"我是一个通情达理的人。"布玉小姐说，"请相信我，我很高兴太太表现出了高贵的风度，接受了我的提议。我得承认，刚才我很担心。现在我要走了，我会上楼去。如果你们想叫我，用那把扫帚敲几下天花板，我就会下来。再见，太太。再见，托比。"

布玉小姐拿起了桌子上的吊袜腰带和针线，走向客厅最里端的一扇门。她有点儿同情似的轻巧地朝他们点了点头，亮出漂亮的眼睛、嘴唇和牙齿，然后优雅地走了出去，小心翼翼地关好了门，留下一股不知是什么花的香气。

伊芙走到桌子旁边，坐进了那把安乐椅里面。她什么都没有说。

托比显得焦躁不安。他从伊芙的身边走开，来到了壁炉旁边，把胳膊支在壁炉台上。在这个花店最里面温馨的小房间里，正酝酿着一场可怕的风暴——即使是托比这样迟钝的人也能感觉到。

很少有哪个女人会遇到伊芙这样的处境，也很少有哪个女人有这样的机会。她被迫承受了这么多的痛苦和困惑，本该大声地说应该有人给她补偿。看到这间温馨小屋里的这两个人之后，任何公正的旁观者都会鼓励她毫不客气地发飙，痛痛快快地大吵大闹。然而那只是旁观者不痛不痒的想法，伊芙并没有这么做。

依然是漫长的沉默。

托比就站在那里，胳膊支在壁炉台上，台子的表面轻轻摩挲着他的小胡子；他竖起了衣领，时不时地瞟一眼伊芙，猜测她的反应。

伊芙只说了一句话。

"说吧。"

第14章

"听我说，"托比看似真诚地脱口而出，"我真是万分抱歉。"

"是吗？"

"我是说，让你知道了这件事情。"

"哦。难道你不怕银行也听说这件事情吗？"

托比想了想。

"没事，我想没有关系。"他宽慰地说。他回头看了一眼伊芙，明显松了一口气："听着，你担心的就是这个，对吗？"

"也许吧。"

"没事，我向你保证绝对没有问题。"托比诚心诚意地说，"当然，我以前就想过了。只要不搞成公开的丑闻，就没有关系。最关键的就是，不能变成公开的丑闻。只要做到这一点，没有人会在乎你的私人生活。我可以私下告诉你，"他四下张望以便确定没有旁听者，"老迪富尔，也就是银行经理，总是去布洛涅找一个女人。这是真的！银行里的人都知道。当然，我只是私下告诉你，不能声张。"

"当然啦。"

托比的脸变得更红了。

"伊芙，我最喜欢你的一点就是，"他冲动地说，"你简直太通情达理了。"

"是吗？"

"是的。"托比避开了伊芙的眼光，"其实，我们不应该谈论这些。我不喜欢和任何正派的女孩谈论这样的事情，特别是对你说。但是既然我们已经打开了天窗……所以，我就直说了。"

"是的。我们已经打开了天窗，不是吗？"

"多数女人都会大吵大闹。我可以坦白地承认，你不知道最近几个星期我的日子多么难过，在父亲去世之前就已经开始了。你大概注意到了，我不像以往那么轻松自在了。楼上那个泼妇，"（伊芙不由得身子发僵）"告诉你吧，她是我这辈子遇到的最让人头疼的女人。你完全无法想象我是怎么熬过来的。"

"这就是你想对我说的全部内容？"伊芙缓缓地问。

托比眨着眼睛，愣愣地说："我想对你说的全部内容？"

现在伊芙·尼尔算是见过世面的人了。但是与此同时，她仍然是兰开夏郡尼尔磨坊的坊主乔·尼尔的女儿。和她的老爹一样，有些事情她可以无限制地忍受，另一些事情她根本无法忍受。

伊芙坐在布玉小姐的椅子里，此时此刻，她眼前的房间好像都蒙上了一层薄雾。透过壁炉台上方的镜子，她看到了托比的后脑勺，在浓密的头发中间有一个很小的、不到六便士大的秃点。不知为什么，那个后脑勺似乎成了压在骆驼身上的最后一根稻草，最终点燃了她的怒火。

伊芙坐直了身子。

"你大概还没意识到，"她说，"你已经无耻到了无以复加的程度？"面对伊芙的突然爆发，托比有一秒钟没反应过来，似乎根本无法相信自己的耳朵。

"你从来没有意识到吗？"伊芙说，"你整天向我说教道德问题，装作正派、高尚的圆桌骑士，夸夸其谈什么理想和原则，其实背后一直和这个女孩勾勾搭搭，从刚认识我的时候就脚踩两条船，你不觉得这种做法很荒唐吗？"

托比看起来惊恐万状。

"伊芙，你怎么能这样说！"他说，"太过分啦！"

他开始焦虑地、飞快地四下张望，似乎觉得银行经理迪富尔先生会在这个节骨眼上突然跳出来。

"哈，太过分了！"伊芙说，"见鬼去吧！"

"我真没有想到你会说出这种话。"

"这种话！你要不要看看我的行动？"

"好吧，你想怎么样？"托比问道。

"所以不管我做什么，你都能'宽恕并且忘记'，对吗？我还真以为你能做得到呢！你——你这个道貌岸然的尤里亚·希普！[1] 你的大道理哪儿去了？你还自称是简单纯洁、信奉原则的年轻人？"

托比已经不仅仅是烦躁不安了，他因为震惊而激动万分。他眨着眼睛望着伊芙，那眼神和他近视眼的母亲如出一辙。

---

1. 查尔斯·狄更斯的小说《大卫·科波菲尔》中的人物，后世常被用来讽刺伪善和喜欢搬弄是非的人。

"但那完全是另一回事。"他抗议道，那惊诧的语调就像是在给一个孩子讲解最简单的道理。

"噢，是吗？"

"是的，完全不同！"

"怎么不同？"

托比耸了一下肩膀。对他来说，这就像是被要求用几个单音节词来描述复杂的星际系统，或者宇宙的构成。

"我亲爱的伊芙！男人有时候会……好吧，会冲动。"

"那你认为女人不会有冲动？"

"哦？"托比厉声道，"这么说你承认啦？"

"承认什么？"

"你和那个恶棍阿特伍德真的勾搭上了。"

"我从来没有说过那样的话！我是说一个女人——"

"噢，不行。"托比摇着头，就好像在叙说亵渎神灵的秘密，"如果她有冲动，就不是一个正经女人。我们正是在这一点上意见不同。如果她有那种冲动，她就不是淑女，也不值得被理想化。伊芙，正因如此，我对你的做法很吃惊。

"你介意我更坦率地说吗，伊芙？不管发生什么事情，我都不会伤害你——你应该清楚这一点。但是说实话，我无法隐瞒心中的想法。看起来，我今天晚上认识到了你的另一面。在我看来……"

伊芙没有打断他。

她漠然地观察着托比，她看到他离炉火太近了，小腿外面的灰色大衣被烤焦了，正在冒着烟。也许再过一秒钟，当他换一个姿势的时候，炉火就会狠狠地烫到他。但是伊芙并没有感到丝毫不安。

这时，布玉小姐的突然出现打断了他们的对话。她轻轻地敲了敲门，然后就急匆匆地进来，走到了桌子旁边，看起来紧张不安，满脸歉意。

"我的……线团。"她解释说，"我需要找另一个线团。"

布玉小姐开始在针线篮里面翻来找去。就在这时，烧焦的衣服烫伤了托比的小腿，他疼得跳了起来。伊芙则幸灾乐祸地看着他。

"亲爱的托比，"布玉小姐说，"还有太太，我能否请求你们不要这么大声叫嚷？我们在这里是体面的居民，大叫大嚷会影响到邻居。"

"我们在大叫大嚷吗？"

"你们喊得很多[1]。我听不明白，因为我不太懂英语。但是听起来并不好。"她从篮子里找到了一团红色的棉线，举起来对着光看了看，"我想，对……补偿的问题，你们没有什么分歧吧？"

"有的。"伊芙说，"我们有分歧。"

"太太什么意思？"

"我不打算从你这里买回你的情人。"伊芙说。

这句话把托比气得七窍生烟。说句公道话，对赔偿的问题，托比和伊芙一样怒不可遏。

"不过我可以给你开一个价，"乔·尼尔的女儿继续道，"如

---

1. 布玉小姐的蹩脚英语。

果你能劝说你的姐姐伊薇特向警察承认，在莫瑞斯·罗斯爵士遇害那天晚上她把我锁在了房子外面，我愿意给你双倍的补偿。"

布玉小姐的脸色有些苍白，她涂着粉色唇膏的嘴唇和黑色睫毛下的眼睛都因而显得更加醒目。

"我不知道我姐姐做了什么！"

"难道你不知道吗？比如，她正试图让警察逮捕我。也许是认为这样一来，这位罗斯先生就会娶你？"

"太太！"布玉吃惊地喊道。

（看来她真的不知道，伊芙想。）

"别担心什么逮捕的事情。"托比大叫着，"他们在虚张声势。他们根本没有这个意思。"

"哦，真的吗？他们来我的房子了，打算把我送进监狱，有六个警察呢。我偷偷地跑了出来，才躲过了一劫。"

托比用力地拽着衣领。刚才伊芙是用英语说的，但是惊恐万状的布玉小姐显然明白了其中的含义。她又拿起了一团棉线，仔细看了看，然后把它扔到了桌子上。

"警察要来这里？"

"我并不会感到惊讶。"伊芙回答说。

布玉小姐的手指在颤抖。她在针线篮里翻来翻去，拿出了各种各样的东西，仔细地察看一下，然后逐个扔到了桌子上。很快，桌子上就出现了好几团棉线，一张插满别针的卡片，一把剪子；然后是看起来更加奇怪的东西：一个鞋拔子，一卷软尺，一个和指环缠在一起的发网。

"是你姐姐在陷害我，"伊芙说，"我相信不是你。"

"谢谢，太太！"

"可是这没有什么用处。你这样满怀期待根本就没有用。罗斯先生并不想娶你，他肯定已经亲口告诉过你了。另一方面，我现在身处困境，只有你姐姐能帮助我摆脱。"

"我不明白你在说什么。伊薇特认为我很傻，什么事情都不告诉我。"

"求你了！"伊芙绝望地催促道，"你姐姐肯定很清楚那天晚上发生了什么。她可以告诉警察，阿特伍德先生一直都在我的房间里。他们不会相信阿特伍德，但是可能会相信你的姐姐。如果她想让我被逮捕的唯一理由就是关心你的终身大事，那么她肯定可以……"

伊芙突然停住了，此刻，眼前的景象令她惊诧得直接从椅子里站了起来。

布玉小姐基本上把针线篮里的东西都掏出来了，她暴躁地把最后一样东西扔在了一堆别针和棉线团之间。那可能只是一个廉价的假手饰，但也可能不是。在一条细细的金属链上，交替穿着水晶般的方形小石头和闪烁着绿色光泽的小石头，这是一条样式古朴的项链。被布玉小姐扔下的时候，项链在桌子上盘成了蛇形，在灯光下闪耀着邪恶的光泽。

"你从哪里得到的这条项链？"伊芙问道。

布玉小姐吃惊地扬起了眉毛。

"这条？太太，根本不值钱。"

"不值钱？"

"是的，太太。"

"钻石和绿松石。"伊芙捏起了项链的一头，让它在灯光下旋绕摆动，"这是朗巴勒夫人的项链！我上一次见到它是在罗斯老爸的展示柜里面，除非我完全发疯了！就在书房一进门左手边的第一个展示柜里。"

"钻石和绿松石？太太搞错了，"布玉小姐不无酸涩地说，"你不相信吗？好吧！太太可以自己去维伊先生的商店，离这里只有几步远，去问问他这条项链值多少钱。"

"是的。"托比用一种古怪的语气插嘴道，"可是小东西，你是从哪儿弄来的这条项链？"

布玉小姐来回看了看面前的两个人。

"也许我真的很傻，像我姐姐说的那样。"那张自信的面庞上出现了皱纹，"也许我的主意并不高明。哦，上帝，如果我犯了错误，姐姐会杀掉我的！你们都在哄骗我。我不相信你们。我不会再回答你们的任何问题了。实际上，我……我要给我姐姐打电话！"

布玉小姐的语气恶狠狠的，就像是一种可怕的威胁。话音刚落她就飞快地冲出了房间，即使他们真的想要阻拦也来不及。只听到她尖细的高跟鞋在后面的楼梯上发出了清脆的嗒嗒声。

伊芙把项链扔在了桌子上。"是你把项链给了她，托比？"

"老天啊，当然不是！"

"你确定？"

"我当然很确定。"托比怒气冲冲地辩解道，他突然转过身，面对着镜子里面的伊芙，"再说，那条项链根本就没有丢！"

"不是……？"

"项链仍然在书房进门左手边的展示柜里。至少在一个小时之前我离开家的时候，它仍然在那里面。我非常肯定，因为贾尼丝特意让我看了一眼。"

"托比，"伊芙问道，"有谁戴棕色的手套？"

那面镜子上有一些锈斑，映射出来的托比的面孔看起来有些怪异。

"今天下午警察询问我的时候，"伊芙身体里面的每一根神经都处在高度戒备状态，"我并没有说出全部真相。奈德·阿特伍德看到了杀死你父亲的人。我晚了一点儿，没有看到凶手。

"有一个戴着一副棕色手套的人进入了书房，打碎了鼻烟盒，杀死了罗斯老爸。你知道，也许奈德不会死去。如果他不死的话，"——镜子里托比的眼睛微微眨了眨——"他就会说出他看到的事情。托比，我不能和你说太多。但是我可以告诉你一点，不管凶手是谁，他都来自你那温馨可爱的家庭。"

"这是肮脏的谎言。"托比的声音并不高。

"是吗？如果你愿意，你就这么想吧。"

"你的……男朋友看到了什么？"

伊芙把奈德·阿特伍德看到的东西告诉了托比。

"可是你没有把这些告诉顾荣先生。"托比说。他嗓音干哑，似乎难以言语。

"我是没有说！你知道为什么吗？"

"我说不准，我真的不明白。除非是为了掩盖你自己搂着那个——"

"托比·罗斯，你想让我走过去给你个耳光吗？"

"我明白了。我们越来越粗俗了，对吧？"

"你还有脸说粗俗？"伊芙回道。

"我很抱歉。"托比闭上了眼睛，把攥紧的拳头放在了壁炉台上，"但是你不明白，这是压垮骆驼的最后一根稻草。伊芙，我告诉你，我决不容许我的母亲和妹妹与这件事情有任何相关！"

"有人提到你母亲或你妹妹了吗？我只是告诉你，奈德可以作证，也许伊薇特·拉图尔也能作证。而我像一个傻瓜，我一直保持沉默，就是因为我不忍心伤害你。你是一个如此高尚的年轻人，如此坦率……"

托比指了指天花板。

"你是不是想用她来对付我？"他问道。

"我并没有用任何东西来对付你。"

"那么，你嫉妒？"托比急切地问。

伊芙想了想。"可笑的是，我想我并不嫉妒。"她笑了起来，"你真应该看看当我走进来时你自己的脸色。真是太遗憾了，警察没有跟着我，而你没有机会去阻止他们。好了，现在我们发现布玉小姐有一条项链，就像是……"

分隔客厅和花店的门帘是用厚重的褐色松绒线编织成的。这时，有一只手分开了门帘。伊芙看到了一张扭曲的笑脸——那是一个古怪的笑容，似乎嘴唇的位置不对劲。进来的是一个高个子男人，穿着一身旧运动装。他一边走进客厅，一边摘下了帽子。

"请原谅我打断你们。"德尔摩特·肯霍斯说，"不过，我能不能看一看那条项链？"

托比猛地转过身来。

德尔摩特走到了桌子旁边，把帽子放在桌面上。他拿起了那条缀着白色宝石和绿色宝石的项链，举到电灯下面察看。他用手指抚弄着项链，然后从口袋里拿出了一个珠宝商专用的放大镜，笨拙地抵在右眼前，再次仔细地观察项链。

"没错，我可以肯定，"他似乎松了一口气，"这并不是真正的珠宝。"

他放下了项链，把放大镜放回了口袋里。

伊芙终于开了口。

"你是和警察一伙的！他们是不是……？"

"跟踪你？没有。"德尔摩特微微一笑道，"实际上，我来哈普街是为了拜访维伊先生，那位艺术品商人。我想让他对这件东西作出专业的判断。"

他从口袋里拿出了一件用纸巾包裹着的东西，然后展开纸巾，捏住了一头：是另一条闪烁着绿色和白色光泽的宝石项链。乍一看，这条项链和桌子上的那条毫无二致。伊芙禁不住疑惑地来回看着这两条项链。

"这一条就是朗巴勒夫人的项链，是从莫瑞斯·罗斯爵士的藏品中拿来的。"德尔摩特一边解释，一边轻轻敲了敲纸巾包裹着的项链，"案发之后，警察在展示柜下面的地板上找到了这条项链，你们应该还记得吧？"

"然后呢？"伊芙说。

"我感到很疑惑。这是真正的钻石和绿松石——维伊先生刚刚向我保证过。"他又用手碰了碰那条项链，说道，"而现在，似乎还有第二条项链：一条伪造的项链。你们应该明白，这就暗示说……"

德尔摩特停顿了一下，愣愣地盯着面前的空气。很快他清醒了过来，点了点头，小心地把真项链包裹好，放回了口袋里。

"你能不能告诉我，"托比怒气冲冲地质问道，"你到这里究竟想干什么？"

"我闯入你的私人领地了吗，先生？"

"你明白我的意思。不要总是这么装腔作势地称呼我'先生'。这听起来……"

"怎么样？"

"好像你在讽刺我！"

德尔摩特转身对伊芙说："我看到你走进来了。你的出租车司机告诉我你还在里面，而且花店的大门开着。我想告诉你的是，你用不着再担心了。警察不会逮捕你。至少现在不会。"

"但是他们去了我的房子！"

"没事，他们习惯这么做。你会发现从现在开始，他们会黏着你。不过，我可以私下告诉你，他们最想见的人之一就是伊薇特·拉图尔，而她居然还异常热情地迎接他们。我猜那个老泼妇此刻正在经受一生中最可怕的时光；如果我猜错了，那只能说我对法国人的了解真是太肤浅了……喂，站稳了！"

"我……我很好。"

"你吃过晚饭了吗？"

"没……没有。"

"我猜也是。应该立刻补偿一下。现在已经十一点多了，不过总有办法在关门之后叫醒餐馆的厨师。别担心。我们的朋友顾荣局长已经稍稍改变了主意，因为有人向他指出罗斯家族的某个成员故意撒谎了。"

那个不祥的字眼"罗斯家族"让房间里的气氛骤然变了。

托比向前走了一步，问道："你是不是也参与了这个阴谋？"

"先生，这件事里面确实有一个阴谋。上帝呀，有一个阴谋！不过跟我没有任何关系。"

"你在门口偷听的时候，"托比特意强调了"偷听"这个词，"都听到什么了？关于棕色手套，还有剩下的所有事情？"

"是的。"

"你不感到吃惊吗？"

"说实话，我并不吃惊。"

托比喘着粗气，脸上是一种毫不做作的委屈的表情。他用手抚摸着左胳膊上的黑纱。

"听着，"他说，"我想你们都明白，我并不喜欢让家庭内部的事情公之于众。不过，如果你们是通情达理的人，就请给我评评理——在这件事情上，我是不是被骗惨了，是不是太丢面子了？"

伊芙正欲说话——

"等一等！"托比尖声说，"我承认，面子是挺要紧的。但是说我们当中有人谋杀了父亲，这是胡说，简直就是阴谋。而且我提醒你，这阴谋就是她设计的！"他指着伊芙道，"一个我曾经信任，甚至崇拜的女人。

"我刚才跟她说过，我现在在用一种新的眼光来看她。哦，上帝呀，我看到了她的真面目！她甚至承认她已经跟那个阿特伍德死灰复燃了。而且她的恶行源源不绝。当我向她提到这件事情的时候，她怒气冲冲，言语粗俗——绝对不是我想娶作妻子的女人应该说出来的话。

"那么她为什么要那样说话？就因为布玉小姐。好啦！我承认，也许我的做法有不当之处。但是一个男人总得时不时地出去找点乐子，不是吗？他并不打算把这种事情当真，也不希望有任何人把它当真。"

托比提高了声调。

"但对于一个订了婚的女人来说，这完全是另一码事。即便她和那个叫阿特伍德的恶棍没有行苟且之事——我现在可以不去深究这一点——但是她仍然让他进入了房间，不是吗？我是一个有身份、有地位的生意人。我受不了别人在背后说我女友做过这样的事情，尤其是我们都已经宣布订婚了。不行，不管我多么爱她都不行。我原先以为她已经改过了，也一直劝自己相信这个判断。但是如果她就这样对待我，我想我们得考虑考虑是不是不必结婚了。"

正说出心里话的托比停了下来，感到有些良心不安，因为伊芙已经哭了起来。其实那只是愤怒和紧张的反应，但是托比并不明白。

"不过，我确实很喜欢你。"他宽慰道。

在随后的十秒钟里是绝对的寂静，你甚至都能听到布玉小姐在楼上大哭的声音。德尔摩特·肯霍斯站在那里，屏住了呼吸；

他确信自己如果吐出这口气，肯定会一下子大发雷霆。他的脑海里又一次浮现了令他痛苦、屈辱，却也带给他智慧的那些往事，而与此同时，想要亲手杀人的念头也暗暗地涌动着，漂浮着。

不过他只是用有力的手坚定地拉住了伊芙的胳膊。

"我们出去吧，"他温柔地说，"你没有必要受这样的委屈。"

第 15 章

清冷的九月，太阳从皮卡第[1]的海岸线上冒出了头，把地平线染得通红，如同红色蜡笔画出的一道曲线。朝阳在海面洒下了五彩的光斑，宛如打翻了的颜料盒。多佛尔海峡上风势强劲，随着太阳冉冉升起，波浪上面跃动着点点白光。

他们的右侧就是海峡，左手边匍匐着低矮的沙丘。一条柏油路顺着海岸线蜿蜒而进，就像河流一样泛着白光。路面上，一辆敞篷马车正叮叮当当地缓缓前行，一名耐心的车夫坐在前面，他身后的车厢里坐着两名乘客。清晨的寂静和空旷令人微微眩晕，在这种背景下，马具发出的每一声轻响以及马蹄的每一次嗒嗒声都清晰可闻。

海风吹乱了伊芙的头发，她大衣上的黑色绒毛也泛起了涟漪。尽管她的眼圈发黑，她却一直在欢笑。

"你知道吗，"她大声说，"你让我整晚都说个不停？"

"这样挺好。"德尔摩特说。

戴着高顶礼帽的车夫并没有转身，也没有说话。但是他耸

---

1. 法国北部大区，有部分海岸线。

了一下肩膀，耸得很高，几乎要碰到他的耳朵了。

"我们现在在哪儿？"伊芙说，"我们离拉邦德莱特肯定有五六英里[1]远啦！"车夫再次耸了一下肩膀，表示同意。

"没有关系，"德尔摩特安抚道，"好了，再说说你的遭遇。"

"怎么啦？"

"我希望你再说一遍。一字不落地再说一遍。"

"再说一遍？"

这一次车夫的肩膀耸得更高，超过了他的耳朵——也许只有他这个行当里的人才能完成这么高难度的动作。他猛地甩了一下鞭子，马儿狂奔了起来，正在对望的两名乘客都被颠得直摇晃。

"求你了，"伊芙说，"我已经跟你说过四遍了。关于当晚发生的事情，我没有遗漏任何细节，我可以发誓。现在我的嗓子都哑了，我的样子肯定也很可怕。"她用两手向后拢了拢头发，一双灰色的眼睛被风吹得微微泛潮，正恳切地看着他。"难道我们不能等吃过早饭再说吗？"

德尔摩特显得兴高采烈。

他向后靠在了褪色的垫子上面，让肩膀放松下来。因为缺乏睡眠，他觉得有些头昏脑胀；而且在某个新发现的启发下，他注意到了一些先前没有留意的细节，这也让他有点儿眩晕的感觉。他完全忘记了自己的样子很不体面，忘了自己应该刮刮胡子。此时此刻，他已经陷入了一种狂喜的状态，觉得自己可

1.英里：英美制长度单位，1英里约等于1.609千米。

以举起整个世界，稳稳地托住它，再把它扔到楼下去。

"好吧，也许我可以暂时放过你。"他作出了妥协，"不管怎么说，我已经掌握了关键的信息。你知道吗，尼尔太太，你告诉了我一些非常重要的东西。"

"什么东西？"

"你告诉了我凶手的身份。"德尔摩特答道。

那辆破旧的马车仍在路上飞跑，伊芙探出头来，勉强稳住身子。

"可是我一点儿都不明白！"她不满地说。

"我知道。正因为如此，你的叙述非常有价值。如果你真的知道发生了什么……"

德尔摩特偷偷地瞥了她一眼，有些犹豫不决。

"昨天我就有一种想法，但仅仅是一种不着边际的想法。"他接着说，"我害怕自己调查的方向可能错了。但是直到昨天晚上在'鲁斯老爸'餐厅里，你一边吃煎蛋一边向我讲了那些事情之后，我才完全清醒了。"

"肯霍斯医生，"伊芙急切地问，"他们当中谁是凶手？"

"对你来说这很重要吗？谁是凶手又有什么分别，"他拍了拍自己的胸口道，"在你心里？"

"没有什么分别。不过……到底是谁？"

德尔摩特直视着她的眼睛。

"我不打算告诉你——我是故意的。"

伊芙觉得自己已经受够了。她张开嘴正要愤怒地抗议时，却迎面看到了他坚定、友善而且令人振奋的目光：那种同情和支持的力量几乎让人热血沸腾。

"听着，"德尔摩特接着说，"我这么说并不是要仿照小说里的大侦探，想在最后一章让头昏脑胀的读者大吃一惊。我这么做自有理由，一个对心理学家来说最正当的理由。这个案子里面的秘密，"他伸手碰了一下伊芙的额头，"就在这里。在你的脑袋里。"

"可我还是不明白！"

"你其实很清楚。只是你没有意识到自己已经掌握了答案。如果我告诉你真相，你就会在脑袋里回溯，会给各种事实加上注解，重新整理你的遭遇。这种情况必须要避免，现在还不能出现。所有的事情——你听到了吗？——所有的事情，都取决于你讲述的方式；你必须像刚才跟我说的那样，完整地向顾荣先生和区检察官复述你的遭遇。"

伊芙不安地挪动着身子。

德尔摩特注意到了伊芙的表现，于是提议："让我给你来个演示。"他从马甲口袋里掏出了怀表，举着它说道："我们做个实验。这是什么？"

"什么意思？"

"我手里的是什么东西？"

"是一块怀表，魔术师先生。"

"你怎么知道是一块怀表？我们周围的风声很大，你听不到里面的嘀嗒声。"

"但是，亲爱的先生，我能看到这是一块怀表！"

"很好。我要表达的就是这个意思。通过这块怀表，我们还知道，"他轻快地接着说，"现在是五点二十分，你急需补充睡眠。喂，车夫！"

"什么事，先生？"

"我们最好回城去。"

"遵命，先生！"

你可能会认为那个耐心的车夫突然中了魔法。只见他熟练地调转车头，马车开始在道路上狂奔，就像是新闻短片里的特效——画面在快进，街道突然跃动起来。马车在回程的路上叮叮当当地飞跑，洁白的海鸥在灰蓝色的海面上发出尖厉的叫声。

伊芙又问："然后呢？"

"去睡觉。你得相信你那位谦恭的仆人。另外，你今天还必须去见顾荣先生和区检察官。"

"好的，我想也是。"

"区检察官沃图尔先生是一个出名的讨厌鬼。不过不要害怕他。如果他坚持行使他的权力——我想他很可能会这么做——那他们询问你时大概不会允许我到场……"

"你不在场吗？"伊芙惊慌地问道。

"你瞧，我又不是律师。顺便说一句，你最好找一个律师。我会派所罗门来帮助你。"他停顿了一下，然后盯着车夫的后背，又补充说，"我在不在那里，有很大的分别吗？"

"确实有很大分别。我还没有感谢你为了我……"

"哦，没关系。正如我刚才所说，你必须详细地向他们叙述你的遭遇，记住，就像你刚才告诉我的那样。只要你的话被官方记录下来，我就能展开行动了。"

"那么在此期间，你要做什么？"

德尔摩特沉默了良久。

"有一个人能说出凶手的身份，"他回答说，"这个人就是奈德·阿特伍德。不过现在他对我们还没有任何用处。我也住在董炯酒店，我会去碰碰运气，找他的医生谈一谈。不行，"他又停顿了一下，"我要去伦敦。"

伊芙坐直了身子，问道："去伦敦？"

"只去一天。这里有一班十点三十分的飞机去往伦敦，下午还有一班从克罗伊登[1]返程的航班。晚饭的时候我应该能赶回来。如果我的计划顺利，今天晚上我就会有所发现。"

"肯霍斯医生，你为什么要如此费心地帮助我？"

"哦，我们总不能眼睁睁地看着一个同胞被扔进牢房，对不对？"

"别开玩笑！"

"我在开玩笑吗？很抱歉。"

德尔摩特脸上闪过了一丝笑容，看起来根本不像是道歉。伊芙仔细打量着他的面孔。在刺眼的阳光下，德尔摩特突然意识到了什么，连忙用一只手捂住了脸颊，似乎要把它藏起来；由来已久的恐惧又袭了上来，刺痛了他的自尊心。伊芙并没有注意到这一点。她现在疲惫不堪，在短短的毛皮围巾下面瑟瑟发抖。在她的脑海里，这一晚上的所有事情都被无限地放大了。

"我肯定把你烦得要死，"她说，"我一直在谈论自己的爱情

---

1. 伦敦南部的一个机场。

生活。"

"你知道我并没有感到厌烦。"

"我向一个完全陌生的人滔滔不绝地坦陈自己的生活，现在天光大亮了，我都有些不好意思和你面对面了。"

"那又何必？我在你身边就是为了听你叙述。不过，我能问你一个问题吗，一个新问题？"

"当然可以。"

"你以后要怎么对待托比·罗斯？"

"如果别人用那种世故而伪善的方式来对待你，你会怎么做？我已经被抛弃了，不是吗？而且是当着一个证人的面。"

"你认为你还爱着他吗？我想问的并不是你是否爱他，而是你是否认为你爱他。"

伊芙没有回答。马蹄一次次落在路面，清脆的嗒嗒声连绵不绝。伊芙突然笑了起来。

"看来我总是遇到不合适的男人，对吗？"

伊芙没有继续往下说，德尔摩特也没有追问。

当马车跑回拉邦德莱特洁净的街道时，已经接近早晨六点了。周围一片宁静，街道上只有几个喜欢在清晨骑马的人。当马车转入昂志街的时候，伊芙紧咬着下唇，脸色变得有些苍白。随后马车停在了她那栋别墅的门口，德尔摩特搀着她走了下来。

伊芙迅速地瞥了一眼街对面的布洛尔别墅。除了楼上一间卧室的窗户，整个别墅似乎都毫无生机。那扇窗户的百叶窗被折叠了起来，海伦娜·罗斯的鼻子上架着眼镜，身穿一件东方样式的晨衣，正一动不动地站在那里，看着他们。

他们的谈话声在寂静的街道上显得如此响亮，伊芙立刻本能地压低了嗓音。

"看看你的后面，你注意到楼上的窗户了吗？"

"是的。"

"我是不是应该作出回应？"

"不用。"

伊芙的表情有些绝望。"你能不能告诉我是谁……"

"不行。我只能告诉你一件事情：有人故意选择了你作为受害者，这是我所见过的最精心、最凶残、最冷血的诡计。策划这个阴谋的人不值得怜悯，也不会得到任何宽恕。我今天晚上会来找你。上帝保佑，我们将会挫败某人的诡计。"

"总之，"伊芙说，"谢谢。谢谢，谢谢，谢谢，谢谢！"

她握了一下他的手，然后推开铁门，顺着小路跑向前门。车夫疲惫地松了一口气。德尔摩特站在人行道上，久久地注视着她的房子（这让车夫再次感到担忧），过了好一会儿，他才爬上了马车。

"去董炯酒店，伙计。然后就不需要你辛苦地陪着啦。"

到了酒店之后，德尔摩特付了车费，还附加了丰厚的小费。他转身走上了台阶，背后是滔滔不绝的感谢。董炯酒店的大堂被设计成了中世纪城堡的风格，那里刚刚开始热闹起来。

德尔摩特回到了自己的房间。他从口袋里拿出了从顾荣那里借来的那条钻石和绿松石项链，放进了一个挂号邮包，注明送到警察局，又在里面塞了一张字条，说他今天白天都不在这里。然后他刮了胡子，洗了一个凉水澡，好让自己清醒些。穿衣服的时候，他叫了一份早餐。

德尔摩特又给酒店前台打了一个电话，接待员告诉他阿特伍德先生住401室。吃过早饭之后，他来到了401室。他很幸运，酒店的医生正好在巡诊，刚刚离开奈德的病床。

看到德尔摩特的名片之后，布泰医生相当重视，但还是显得有些不耐烦。他站在卧室外面半明半暗的走廊里，用生硬的语气解释说：

"不行，先生。阿特伍德先生仍然昏迷不醒。警察局的人每天会来二十次，总是问相同的问题。"

"我明白，你不能保证他会苏醒过来。但是另一方面，他有可能随时醒来？"

"从伤势来看，确实有这种可能性。我可以给你看看他的X光片。"

"感激之至。你觉得他有可能恢复吗？"

"我个人的观点是，有可能。"

"他说过什么吗？也许在神志不清的情况下，他曾经说过什么？"

"他有时候会发笑，仅此而已。不过，我不经常在这里，你可以去问一问护士。"

"我能去看看病人吗？"

"当然可以。"

那个掌握谜底的男人躺在昏暗的房间里，看起来像一具尸体。照看他的护士是某个教派的修女，头上戴着巨大的头巾，在晦暗不清的白色百叶窗上投下了一个剪影。

德尔摩特看了看病床上的阿特伍德先生。一个英俊的恶魔，他有些心酸地想。伊芙·尼尔的初恋，也许……他把这个想法赶开了。如果伊芙仍然爱着这个家伙，即使是潜意识里的眷恋，那他都会无能为力。德尔摩特伸手去测量病人的脉搏，怀表在寂静中嘀嗒作响。

布泰医生拿来了 X 光片，兴冲冲地介绍着，就好像他的病人能活这么久是一个奇迹。

"您是问他说过什么吗，先生？"护士重复着德尔摩特的问题，"是的，他有时会嘟囔什么东西。"

"他说了什么？"

"可是他说的是英语，我听不懂。而且他经常大笑，还总是喊一个名字。"

德尔摩特本来已经走向房门，听到护士的话他又转过身来。

"什么名字？"

"嘘！"布泰医生警告道。

"我说不清楚，先生。所有的音节都很接近。很抱歉，先生，我模仿不出那个发音。"在昏暗中，护士的眼光显得很急切，"如果您坚持的话，下一次他再说那个名字的时候，我会把它的发音写下来。"

好啦，这里没有什么新的信息了。德尔摩特已经完成了他计划中要做的事情，不过他又到酒店的几个酒吧里作了些调查，一名招待还热心地谈起了贾尼丝·罗斯小姐。通过询问，德尔摩特了解到，在被谋杀前的那天下午，莫瑞斯爵士曾经探头往一个喧闹的柜台酒吧里张望，他的出现让酒吧招待和服务生都很吃惊。

"他的眼神非常可怕！"酒吧招待嘟囔着，"然后朱尔·塞兹内克看到他走进了动植物园，在猴子馆旁边停了下来，和什么人说话；但是朱尔看不到那个人，因为他藏在一片树丛后面。"

德尔摩特从柜台酒吧里出来后，先给所罗门和科恩律师事务所打了一个电话，找到了他的朋友所罗门律师；然后他赶紧订了一张机票，乘坐帝国航空公司十点三十分的航班离开拉邦德莱特。

事后德尔摩特再回想，那一天简直就是一场噩梦。他在飞机上打了个盹，想要养足精神应对繁忙的一天。从克罗伊登机场出发的巴士像是蜗牛爬；好不容易清净了几天的伦敦又被煤灰和烟雾呛住了。德尔摩特叫了一辆出租车，去了某个地方。半个小时之后，他几乎要为成功而欢呼了——他已经找到了证据，证明了他此前的推测。

天色已然变得昏黄，德尔摩特钻进了将要把他带回拉邦德莱特的飞机，此时的他已经毫无倦意。飞机的发动机轰鸣起来，向后喷出的狂风把草地上的草都压平了，低压轮胎颠簸了几下，然后飞机就冲向了天空。

现在伊芙安全了。德尔摩特把手提箱放在膝盖上，靠在了座椅背上。风扇在气闷的机舱里嗡嗡作响。他看着窗外的英格兰缩小为一片红灰相间的屋顶，最后变成了一张不断后退的地图。

伊芙是安全的了。德尔摩特开始考虑下一步的计划。天色将晚，当飞机在机场降落的时候，他仍然在制订他的计划。拉邦德莱特的方向闪烁着点点灯光。汽车行驶在前往市区的路上，两侧是浓密的树木。德尔摩特呼吸着黄昏时分松树的清香，他不再纠结于目前的难题，而是开始畅想未来……

一支管弦乐队正在董炯酒店的大堂里面演奏。大堂里的灯光和喧嚣让德尔摩特很不舒服。当他经过前台的时候，一名酒店职员叫住了他。

"肯霍斯医生！这一整天都有人在找您。请等一下！我想现在还有两个人在等您。"

"是谁？"

"一位所罗门先生。"那个职员看了看笔记本，然后回答说，"还有一位罗斯小姐。"

"他们在哪儿？"

"应该在大堂的什么地方，先生。"那个职员按了一下铃，"我让人带您过去，好吗？"

在一名服务生的带领下，德尔摩特找到了贾尼丝·罗斯和皮埃尔·所罗门律师。他们正在这个哥特式大堂一角的某个凹室里面。那个凹室建有仿制的石头墙壁，上面挂着仿制的中世纪武器。室内摆了一圈带靠垫的座椅，中间是一张小桌子。贾尼丝和所罗门律师分别坐在两边，似乎在为不同的麻烦而忧愁。但是当德尔摩特走近的时候，两人都站了起来；他吃惊地发现，两个人的眼光中都有责备的意味。

所罗门律师是个大块头，仪表堂堂，脸庞呈橄榄色，声音低沉。他古怪地看了一眼德尔摩特。

"朋友，你终于回来了。"他用阴沉的语调说。

"当然！我告诉过你我会回来。尼尔太太在哪儿？"

律师盯着一只手的手指甲，翻过来转过去地看。然后他抬起了头。

"她现在在市政大厅。"

"在市政大厅？还在那里？他们盘问她的时间也太长了，不是吗？"

所罗门律师的表情变得严峻。

"她被关进了牢房，"他回答说，"朋友，恐怕她会在那里待上很长时间。尼尔太太已经被逮捕了，罪名是谋杀。"

第 16 章

"告诉我，老兄，"气宇轩昂的律师好奇地问，"作为朋友，我私下里问你，你是不是在耍我？"

"或者在耍她？"贾尼丝插嘴道。

德尔摩特愣愣地看着他们。

"我不太明白你们在说什么。"

所罗门律师伸出了一根手指，朝德尔摩特晃动着，就好像在法庭上质问证人。

"你要求尼尔太太把她的遭遇告诉警察，毫无遗漏，就像她告诉你的一样，有没有这回事？"

"是的，我确实这么要求过她。"

"啊！"所罗门律师心满意足地嘟囔着，他耸了耸肩膀，把两根手指插进了马甲的口袋里，"老兄，难道你发疯了吗？你是不是彻底晕头转向了？"

"听着……"

"今天下午，当警察盘问尼尔太太的时候，他们几乎相信她是无辜的了。几乎！但是你又让他们产生了怀疑。"

"怎么回事？"

"然而，等她说完证词之后，他们就毫无疑虑了。顾荣先生和区检察官交换了一下眼神。尼尔太太出现了一个致命的失误，这个失误太可怕，任何熟悉证据的人都会毫不犹豫地断定她有罪。行啦！都结束了。律师再能干——即使是我这样的律师——也救不了她了。"

贾尼丝身旁的小桌子上有半杯马蒂尼酒，旁边还有三个摞在一起的空酒碟，说明她已经喝过三杯了。贾尼丝坐了下来，喝干了那半杯马蒂尼酒，脸上微微泛起红晕。如果海伦娜此刻在场，肯定又要唠唠叨叨了。不过，罗斯小姐是不是爱喝酒，德尔摩特倒并不关心。

他吃惊地看着所罗门律师。

"等一下！"他急切地说，"你所说的这个致命的'失误'，是不是和……和皇帝的鼻烟盒有关系？"

"是的。"

"我是说，她对鼻烟盒的描述？"

"正是如此。"

德尔摩特把公文包放在了桌子上。

"好吧，好吧！"他的语气中满是苦涩的嘲讽，把另外两个人都吓了一跳，"这么说，本来应该证明她无辜的关键证据，反而成了证明她有罪的力证？"

律师宽宽的肩膀耸了耸。

"我不明白你的意思。"

"顾荣先生看起来是一个很聪明的人。"德尔摩特说，"真见鬼，他的脑袋到底出了什么毛病？"他沉思道，"或者是，她的

脑袋出了问题？"

"她确实很不安。"律师承认说，"她的遭遇听起来根本不可信，即使是那些本应被认作事实的东西，听着也有些可疑。"

"我明白了。这么说，她并没有像早晨对我说时那样，把事情原模原样地讲给顾荣先生听。"

所罗门律师又耸了一下肩膀。

"至于她对你说了什么，那完全是另一码事。我一无所知。"

"我能说一句话吗？"贾尼丝轻声地插了一句。

贾尼丝快速地转动着鸡尾酒杯里面的吸管。她努力了好几次，最后终于用英语对德尔摩特说：

"我不知道这到底是怎么回事。我一整天都跟着这位阿庇乌斯·克劳狄[1]待在这里，"她朝所罗门律师点了点头，"他什么也没做，只是在嗓子里咕哝，端着架子。我们都到了崩溃的边缘，母亲、托比和本舅舅现在都在市政厅里。"

"哦？是吗？"

"是的。他们想见伊芙，但是显然没有成功。"贾尼丝犹豫了一下，"我从托比那里听说，他们昨天晚上大吵了一架。似乎托比的脑袋不太清醒（他经常这样），对伊芙说了一些不该说的话。他今天后悔莫及，我还从来没有见过他如此懊恼。"

贾尼丝偷偷地看了一眼德尔摩特，发现他脸色阴沉，显然不是什么好征兆。她又开始搅动鸡尾酒杯里的吸管，而且手指颤抖得更厉害了。

1.古罗马的一位政治家、法学家。

"在过去的这几天里，"她继续说，"我们并不是在夸夸其谈。不管你怎么想，我们都站在伊芙这一边。当我们听说她被逮捕时，我们和你一样大惊失色。"

"听你这么说，我感激不尽。"

"请你不要这样说话！你看起来就好像是……一名刽子手……"

"谢谢你。我希望能成为那样的人。"

贾尼丝迅速地抬起了头。"你要给谁行刑？"

"我最后一次和顾荣先生谈话的时候，他的手上有两张王牌，都很有威力。"德尔摩特没有理会贾尼丝的问题，"一张王牌是去审问伊薇特·拉图尔，他希望从中能有所发现。另一张王牌就是在叙述案发当晚发生的事情时，有一个人在撒谎。真见鬼，顾荣为什么把两张王牌都扔进垃圾桶，反而去逮捕伊芙？真是匪夷所思！"

"你可以自己去问他。"律师朝大堂的方向点了点头道，"他正朝我们走过来。"

阿瑞斯泰德·顾荣像往常一样衣着讲究，但是眉头微微皱起，显出一丝忧虑。在朝大家大步走来的时候，他故意用手杖敲击着地面，就像一位帝王驾临。

"啊！晚上好，朋友。"他向德尔摩特打了个招呼，语气中有几分戒备，"这么说，你从伦敦回来了。"

"是的。回来之后我发现这里的情况真是妙极了。"

"很遗憾，"顾荣先生叹了口气道，"法律就是法律。你应该同意吧？我能不能多问一句，你为什么这么着急地跑去伦敦？"

"是为了得到证据，"德尔摩特回答说，"以便证实本案真凶的真正动机。"

"啊，真糟糕！"顾荣先生气哼哼地说。

德尔摩特转头看向所罗门律师，说道："我必须要和警察局长单独谈谈。罗斯小姐，请原谅我的失礼，我想和这两位先生私下谈一谈。"

贾尼丝异常镇定地站了起来。

"我应该走开吗，还是怎么样？"

"用不着。所罗门先生很快就会来找你，他会送你去市政厅和你的家人会面。"

他耐心地等着贾尼丝离开了凹室——女孩脸上的表情说不清楚是愤怒还是嘲讽——然后对律师说：

"朋友，你能不能帮我给伊芙·尼尔传一个话？"

"我可以试一试。"所罗门律师又耸了一下肩膀。

"很好。请你告诉她，在和顾荣先生讨论之后，我希望能够让她在一个小时之内获释——最多两个小时。另外，我打算让谋杀莫瑞斯·罗斯爵士的真凶去替代她的位置。"

一阵沉默。

"这是异想天开！"顾荣先生挥动着白藤手杖，大声地说，"这是骗人的把戏。我告诉你，我绝对不会做这种事情！"

而律师却微微一鞠躬，像一艘扬帆的帆船一样走向了大堂。他们看到他停下来和贾尼丝说话，还伸出了胳膊，但是她拒绝了。不过两人还是一起离开了大堂，消失在人群当中。德尔摩特在凹室里的一张长椅上坐了下来，打开了公文包。

"你可以坐下来吗，顾荣先生？"

警察局长气鼓鼓地说："我不坐，先生，我不会坐下来的！"

"哦，算了吧！想想我能给你——"

"少来这一套！"

"你为什么不舒舒服服地坐下，喝一点儿饮料？"

"真拿你没办法！"顾荣先生咕哝着。他仍然摆足了架子，不过态度已经有所缓和。他在一把带坐垫的椅子上坐了下来，说道："也许我可以坐一会儿。也许我还可以喝一小杯。如果你坚持不让我喝，那我可以来一杯冰激凌……不对，我的意思是说，来一杯威士忌苏打。"

德尔摩特点了酒水。

"你的做法真让我吃惊。"德尔摩特故作温和地说，"你逮捕了尼尔太太，肯定激动不已，为什么却不留在市政厅里面对她狂轰滥炸？"

"我来这个酒店有正经事。"顾荣先生用手指敲着桌面答道。

"正经事？"

"是的，"顾荣先生扭了扭脖子说，"布泰医生刚才给我打过电话。他说阿特伍德先生已经从昏迷中醒了过来，我可以去问一些简单的问题了……"

看到德尔摩特一脸得意的样子，顾荣先生再次感到义愤填膺。

"如果是这样的话，我可以向你保证，"德尔摩特说，"阿特伍德先生将要告诉你的内容和我现在要说的一模一样。这也是侦破本案的最后一环。如果他的说法和我的相符——请注意，我并没有给他任何提示！——那你愿不愿意考虑考虑我的证据？"

"证据？什么证据？"

"先别着急，"德尔摩特打断了顾荣先生的话，"我问你，你为什么来了个一百八十度的大转弯，逮捕了那位女士？"

顾荣先生告诉了他原因。

这位警察局长一五一十地介绍了详情，其间时不时啜一小口威士忌苏打。他现在看起来并不开心，但是德尔摩特不得不承认他的怀疑有些道理，那位区检察官沃图尔先生的质疑也情有可原。

"这么说，"德尔摩特嘟囔着，"她并没有告诉你全部内容。今天早上，她因为缺乏睡眠而昏昏沉沉的，所以无意间对我说出了最关键的信息。而在你们盘问的时候，她并没有提到这一点——这最关键的一点不仅能够保证她的辩护有效，还可以证明另一个人有作案嫌疑。"

"是哪一点？"

"听着！"德尔摩特一边说一边打开了桌子上面的公文包。

大堂里座钟的指针指向九点差五分的时候，德尔摩特开始了叙述。在九点过五分时，顾荣先生开始不安地扭动肩膀了。又过了十分钟，这位警察局长已然无话可说，他看起来忧心忡忡，摊开双手恳求着。

"我讨厌这个案子。"他呻吟道，"我憎恨这个案子。你才刚刚转了个一百八十度的弯，就有人跑来让你再调一次头。"

"难道我的证据不能解释那些原本看来离奇的事情吗？"

"这一次，我无话可说！我有所怀疑。可是，实际上……是的，你的证据能解释那些难题。"

"那么这个案子到此为止了。你现在只需要去找到那个目击者，问他一个问题。去找奈德·阿特伍德，问他'是不是这样……这样……？'，如果他给出肯定的回答，那你的'小提琴'就能派上用场了。而且你不能指责我向他作了提示。"

顾荣先生站了起来，喝干了威士忌苏打。

"走吧，让我们去作个了断。"他发出了邀请。

这是德尔摩特今天第二次来 401 室。但是他这一次的运气与上一次有天壤之别。

似乎有两位女神掌握着伊芙·尼尔的命运：一位善良女神和一位喜欢恶作剧的邪恶女神，她们在不停地争夺着对伊芙命运的控制权。

卧室里开着一盏昏暗的灯。奈德·阿特伍德脸色苍白，眼神蒙眬，然而足够清醒。他挣扎着想要坐起来，但是遭到了夜班护士的劝阻。那位来自英格兰西南部某医院的女护士身强力壮，满面笑容，正在设法让他躺下。

"很抱歉打搅你，"德尔摩特说，"不过……"

"听着……"奈德的嗓音很嘶哑，他被迫清了几下嗓子，目光从护士的腋下穿过去，盯着来访者问，"你是医生吗？那就看在上帝的分上，把这个女妖从我身边赶走，行吗？她刚才悄悄地过来，想要给我扎一针。"

"躺下！"护士恼怒地说，"你必须保持安静！"

"可是你们都不告诉我到底发生了什么，我怎么可能保持安静？我不想安静下来。这个世界上我最痛恨的就是保持安静。我保证会乖乖的，我保证会吃掉药方上每一种可怕的药物，只要你们发发慈悲，告诉我到底发生了什么。"

"别担心，护士。"德尔摩特说。

护士疑心重重地看着他们。

"我能问问你们是谁吗，先生？你们在这里干什么？"

"我是肯霍斯医生。这一位是顾荣先生，本地的警察局长，正在调查莫瑞斯·罗斯爵士遇害的案子。"

奈德脸上的神情慢慢变得清晰，仿佛模糊不清的镜头逐渐对准了焦点，这表明他已经明白过来了。他缓缓地呼吸着，将双手放在背后，撑着身子半坐了起来。然后他先是低头看了看睡衣，就好像从来没有见过它似的，接着又眨着眼睛，一直看着墙角。

"我正坐电梯上楼，"他字斟句酌地说，"然后突然间，我……"他用手摸了一下喉咙，"我像这个样子有多久了？"

"九天了。"

"九天？"

"没错。阿特伍德先生，你真的在酒店外面被一辆汽车撞到了？"

"汽车？你在说什么鬼话？"

"你自己说你被汽车撞到了。"

"我从来没有这么说过。至少，我不记得我说过这种话。"他突然明白了过来。"伊芙。"他说道。这个简单的单词表达了千言万语。

"是的。如果我告诉你，她遇到了麻烦，需要你的帮助，你能否保持冷静，不要过分激动？"

"你们是不是要害死他？"女护士质问道。

"闭嘴。"奈德厉声地说（他的态度完全不符合绅士风度）。

"麻烦？"他转而问德尔摩特，"你说的麻烦是什么意思？"

是顾荣先生帮着回答了这个问题，他交叠着双臂，不露声色，不想让人看出自己现在激动而复杂的情绪。

"尼尔太太现在在看守所里。"顾荣先生用英语说，"她被指控谋杀了莫瑞斯·罗斯爵士。"

随后是长久的寂静，一阵清凉的夜风吹动了窗帘和白色的百叶窗。奈德现在已经挺直了身子，正睁大眼睛看着面前的两个人。他的白色睡衣在肩膀处皱成一团；因为昏迷了九天，他变得形容消瘦，胳膊也显得细瘦而苍白。医护人员按照惯例把他的头发剃光了。他头上裹着几层薄薄的绷带，与之形成鲜明对比（甚至显得非常可笑）的是他苍白、憔悴但很是英俊的面容，暗淡而疲惫的蓝眼睛和不屑一顾的嘴角。他突然笑了起来。

"这是在开玩笑吗？"

"不是。"德尔摩特斩钉截铁地说，"证据对她非常不利。而且罗斯家族的人基本没怎么帮她。"

"我就知道！"奈德说。他掀起了被单，开始往床下爬。

房间里旋即一片大乱。

"等着瞧！"奈德挣扎着想要走动，但还是得用一只手牢牢地抓着床旁边的桌子。他脸上又恢复了往日放荡不羁的笑容，身体微微颤动着，似乎压抑着内心强烈的欢乐，似乎他刚听到一个荒诞不经的笑话，却因为太好笑而无法分享出来。

"我大概是一个病人。"他继续说道，眼睛滴溜溜乱转着，"好吧！那你们应该迁就我。我需要衣服。为什么需要衣服？当然是为了去市政厅。如果你们不给我衣服，我就从那扇窗户跳出去。伊芙可以向你们保证，我历来说话算话。"

"阿特伍德先生，"护士说，"我要按铃叫人来把你按回床上……"

"我可以告诉你，宝贝，在你漂亮的手碰到电铃之前，我就已经跳出窗户了。我现在能看到的只有一顶帽子。在迫不得已的情况下，我会戴着它一头跳下去。"

他恳切地看着德尔摩特和顾荣先生。

"我不知道自从我失去知觉后这个城市里发生了什么。我请求你们，在我们去见伊芙的路上，请原原本本地告诉我。先生们，你们应该很清楚，这件事情错综复杂，你们完全不知道其中的隐情。"

"我想我们知道。"德尔摩特回答说，"尼尔太太已告诉我们了，当时有一个戴着棕色手套的人。"

"但是我敢打赌她并没告诉你们那人是谁。知道为什么吗？因为她也不知道。"

"这么说，你知道？"顾荣先生问道。

"当然啦。"奈德回答说。

顾荣先生用力摘掉了头上的圆顶硬礼帽，似乎下定决心要用拳头打穿那顶帽子。奈德仍然摇摇晃晃地站在桌子旁边，咧开嘴笑着，额头上是深深的皱纹。"也许她告诉过你们，我们曾经朝街对面张望，看到有人和老头在一起？然后，我们又往那边看过一次，那时老头已经被打趴了……不过这就是要点，也是这件事情如此荒唐的原因。实际上……"

第 17 章

"女士们，先生们，"区检察官沃图尔先生微微躬身道，"欢迎光临我简陋的办公室。"

"谢谢。"贾尼丝低声地说。

"我们是在这里和可怜的伊芙谈一谈吗？"海伦娜气喘吁吁地说，"我说，亲爱的伊芙还好吗？"

"不太好吧，我猜。"本舅舅主动说。

托比什么都没有说。他把两手都插进口袋里，闷闷不乐地摇着头，似有同情之意。

拉邦德莱特的市政厅是一座高而狭窄的、黄色的石头房子，上面有一个钟楼，对面是一个宜人的花园，离中央市场不远。沃图尔先生的办公室在最顶层，那是一个宽大的房间，有两扇朝北的窗户和一扇朝西的窗户。房间里摆着几个文件柜，些许已经蒙上灰尘的法律书籍——区检察官必须是一名律师。墙上还挂着一张带框的照片，里面的人制服笔挺，佩戴着法国荣誉军团勋章，这是主人对旧日荣光的纪念。

沃图尔先生的桌子摆在了一个特定的位置，当他坐下的时候，正好背对着朝西的窗户。

在他对面稍远一点儿的地方，摆着一把破旧的木头扶手椅，椅子的正上方悬着一盏吊灯。

这时候来访者们注意到了另一样东西，对他们来说既可笑又可怖的东西。

一道耀眼的白光从没有拉窗帘的、朝西的窗户跳了进来，让所有的人都目眩神迷，吓了一跳。那道白光仿佛一把白色的扫帚横扫过房间的一侧，甚至在人的皮肤上留下了擦伤的感觉，然后又像气泡破裂了一样，消失了。其实那是远处灯塔的光芒。如果有人坐在证人的椅子里，也就是面对着沃图尔先生那张桌子的椅子，那道白光肯定会直射进他的眼睛。只要区检察官愿意，他可以让证人一直坐在那里，每隔二十秒钟就遭受一次强光的照射！那光芒像命运一样不留情面，躲也躲不过。

"啊，恼人的灯塔！"沃图尔先生嘟囔着，将手挥舞了一下，似乎要赶走强光。他指着房间一侧的另外几把椅子，灯塔的光芒不会照射到那里。"请坐吧，"他说，"不要拘束。"

沃图尔先生自己则坐到了桌子后面，稍稍转动椅子，面向着罗斯家族的成员。

这位区检察官是一个骨瘦如柴的老人，目光犀利，脸颊上有一点儿络腮胡。他揉搓着双手，发出了难听的声音。

"我们能见到尼尔太太吗？"托比问道。

"啊……不行。"沃图尔先生回答说，"现在还不行。"

"为什么不行？"

"因为我想我应该先作一些解释。"

灯塔的白光再一次照亮了窗户，从沃图尔先生的肩膀上方射了进来。尽管房间里有吊灯照明，沃图尔先生仍然变成了一个黑白分明的剪影；在强光下，他灰色的发端似乎在燃烧，搓着双手的动作也格外抢眼。除了这些，这位喜欢戏剧性效果的检察官先生的巢穴并没有什么特别之处。时钟嘀嗒嘀嗒地响着，一只小猫蜷缩在靠墙的桌子上。

但是罗斯家族的人都能感觉到从区检察官的方向袭来了滚滚的怒火。

"我刚才和我的同事顾荣先生在电话上讨论了很久，"他继续说，"他刚才在董炯酒店，说有了新的证据。他马上就会到这里，还有他的朋友肯霍斯医生。"

说到这里，沃图尔先生用他的手掌心猛地拍了一下桌子。

"我并不认为，"他说，"我们的做法有草率之嫌。即使是现在，我也不认为我们逮捕尼尔太太的做法过于仓促……"

"了不起！"托比大声地说。

"但是这个新的证据非常惊人。这让我感到不安。我被迫重新考虑一个问题——在不久以前肯霍斯医生曾指出过这个问题，但我们一直把注意力放在尼尔太太的身上，差点儿忽略了它。"

"托比，"海伦娜轻声地问，"昨天晚上发生了什么事？"

她转过身，朝房子另一头的沃图尔先生伸出了手。现在罗斯家族的成员都嗅到了陷阱的味道，只有海伦娜例外。

"沃图尔先生，"海伦娜喘了口气，继续说，"我告诉你吧，昨天晚上我儿子很晚才回家。他怒气冲冲……"

"这和父亲的死没有任何关系！"托比绝望而无奈地打断了海伦娜的话。

"我一直没有睡觉，因为我睡不着。我问托比要不要来一杯可可。但是他几乎不理不睬，直接上楼进了他的卧室。"海伦娜的脸色阴沉了下来，"我只能猜测他和伊芙发生了可怕的争执，尽管他声称他再也不想见到伊芙了。"

沃图尔先生再次搓着双手。耀眼的白光也再一次划过他的肩膀。

"啊！"沃图尔先生低声说，"夫人，他告诉你他去哪里了吗？"

海伦娜看起来很疑惑。"他没有。他应该告诉我吗？"

"哈普街十七号？他没有提到这个地址吗？"

海伦娜摇了摇头。

此时贾尼丝和本舅舅都在盯着托比。如果有人仔细观察，就会发现贾尼丝的脸上闪过了一丝狡猾的笑容，不过这个空腹喝下四杯鸡尾酒的年轻女孩旋即摆出了一副郑重的神色。本舅舅正在用一把小刀刮着空烟斗的斗钵；小刀发出了细微的摩擦声，似乎让托比痛苦不堪。但是海伦娜显然没有注意到家人的表现，她继续用同样恳切的语气说：

"我相信托比和伊芙的争吵是压垮骆驼的最后一根稻草。想到这些，我根本无法入睡。实际上，我亲眼看到她好端端地和那个面色凶险、据称是了不起的医生的男人一起回来，而且是在天光大亮之后。更可怕的是，伊芙随后就被逮捕了。这些事情之间有联系吗？你能不能告诉我们，到底发生了什么？"

"我也想知道。"本舅舅说。

沃图尔先生绷紧了下巴。

"夫人，这么说你儿子什么都没有告诉你？"

"我刚才已经说过了，他什么都没有跟我说。"

"他甚至没有提到尼尔太太的指控？"

"指控？"

"她指控说你们家的某个人戴着一副棕色的手套，悄悄地钻进了莫瑞斯爵士的书房，打死了他。"

久久的沉默。托比坐在椅子里，向前欠过身子，双手抱着头；他不断地猛烈摇头，似乎无法忍受这种暗示。

本舅舅一反常态，用相当平静的语气说："我就知道和棕色手套有关系。"他似乎正在从各方面分析这个新出现的想法。"你是说那个女孩……看到了什么东西？"

"菲利普先生，如果她看到了，那又怎么样？"

本舅舅勉强一笑。"如果她看到了什么，朋友，你就用不着这样提示了。你肯定会采取行动，逮捕某个人。既然你没有这么做，那我就可以认为她没有看到什么。家庭内部谋杀，嗯？好，好，很好！"

"用不着装模作样地说我们从来没有想过这个可能性。"贾尼丝突然说。

海伦娜瞠目结舌地看着她的女儿。"我可从来没有这么想过！我亲爱的贾尼丝！你是不是发疯了？还是说我们都发疯了？"

"听我说。"本舅舅又开口了，然后吸了一口空烟斗。

他耐心地等待着他们投来宽容的目光；通常情况下，当他谈论和家里的日常生活无关的话题时，大家总是会客气地等着他继续发话。他皱着眉头，神色里有几分执拗。

"继续装傻对我们没有任何好处。很显然，我们都想过这个问题。真见鬼！"其他人都挺直了身子，惊异于他的语调变化。"我们用不着再扮演'文明家庭'了。让我们敞开天窗说亮话……如果我们还有这个可能。"

"本！"海伦娜惊诧地喊道。

"我们房子的门窗都是锁好的。不可能是夜贼——用不着侦探的头脑就能想清楚这一点。要么是伊芙·尼尔干的，要么是我们当中的一个人干的。"

"难道你认为，"海伦娜问道，"我会为一个陌生人的利益而损害我自己亲人的利益？"

"好啦，"本舅舅耐心地说，"何必要做一个伪君子？你为什么不直说你认为是她干的？"

海伦娜惊慌不已。

"因为我很喜欢那个女孩。因为她有很多钱，对托比会很有帮助，如果我能忘记她可能杀害了莫瑞斯的话。但是现在我不得不承认，我无法忘记这个想法。"

"这么说，你认为伊芙是有罪的？"

"我不知道！"海伦娜的声音带着哭腔。

"也许我们很快就能搞清楚了。"沃图尔先生的声音冷淡、生硬、坚定，令那些人立刻安静了下来，"进来！"

通向外面大厅的房门正对着朝西的窗户。灯塔的光柱每次扫过的时候，窗户上尘土的印记都会投影在浅灰色的门板上。有人正在敲那扇门。听到沃图尔先生的准允之后，那人走了进来，正是德尔摩特·肯霍斯。

德尔摩特进来的时候，强烈的白光正好扫向房间。尽管他抬起一只手挡住了眼睛，但是在无从逃避的强光下，人们都看到了一张强忍着怒火的脸，那是一张危险的面孔。当他意识到大家都在盯着他的时候，那张面孔立刻恢复了平日表现出来的平静与随和。他朝他们鞠了一躬，然后走向了区检察官，郑重其事地用法国人的方式握手。

沃图尔先生的态度并不像顾荣先生那么温和。

"先生，"他冷淡地说，"我这一天都没有见到你。昨天晚上第一次见面之后，你就带着那条非常有趣的项链离开了哈普街。"

"在那之后，"德尔摩特说，"发生了很多事情。"

"我相信是这样。你所说的新证据——好吧，可能有些价值！行啦，交给你啦。"沃图尔先生朝其他人挥了一下手臂，"进攻！毫不留情地攻击他们，别客气！然后让我们看看能有什么结果。"

"顾荣先生准备把尼尔太太带到这里来，"德尔摩特一边说一边斜视着其他人，"你允许吗？"

"当然，当然！"

"对了，说到项链的问题，我听顾荣先生说两条项链都在你这里。"

区检察官点了点头。他拉开了桌子的一个抽屉，拿出两样东西，放在了吸墨纸上。当白光再次闪过的时候，吸墨纸上似乎燃烧着两排光点。两条项链并排摆放在一起，一条是钻石和绿松石的真项链，一条是足以以假乱真的复制品。在第二条项链上系着一张小标签卡。

"根据你给顾荣先生写的字条，"区检察官酸溜溜地说，"我们派了一个人去哈普街，拿到了复制品，并且追踪了它的来源。你想看看吗？"

区检察官碰了一下标签卡。德尔摩特点了点头。

"现在我才有点儿明白了，这个东西有重要的意义。"沃图尔先生咬牙切齿地说，"但是千真万确，我们今天太忙了，一直在处理尼尔太太和鼻烟盒的问题，根本顾不上去关心其他人，或者这两条'孪生'项链。"

德尔摩特没有答话，他转身穿过房间，来到了那群沉默不语的人面前。

他们都恨他，他能感觉到那种怨恨的力量。而且因为他们都把怨恨憋在心里，这种情绪变得更加强烈。可是，这反而让他很开心。

沃图尔检察官坐在远处埋伏着；灯塔汹涌的白光再一次扫过墙壁。德尔摩特拉过一把椅子，放到了他们的对面。椅子腿划过油地毡，发出了刺耳的声音。

"是的，"他用英语说，"正如你们所想的那样，我插手了这件事情。"

"为什么？"本舅舅问道。

"因为必须要有人这么做，否则的话，这个案子永远都不会真相大白。你们已经听说了棕色手套的事情？很好！那么我来告诉你们更多关于棕色手套的情况。"

"其中包括，"贾尼丝问道，"是谁戴着手套？"

"是的。"德尔摩特说。

他直直地坐在椅子上，把手塞进了口袋里。

"我想请你们注意，"他继续说，"请回想一下莫瑞斯·罗斯爵士遇害那天下午、傍晚、晚间的事情。你们已经听过证词，或者说绝大部分证词，但是我认为有必要再重复一次。

　　"在那天下午，莫瑞斯·罗斯爵士像往常一样去散步。据我们了解，他最喜欢的散步路线会穿过董炯酒店后面的动植物园。我还有更多的证据：他那天曾经走进过酒店的柜台酒吧，这完全出乎酒吧招待和服务生的意料。"

　　海伦娜扭过身子，困惑不解地瞥了一眼她的兄弟；本佳漫则小心翼翼地死死盯着德尔摩特。但是提出问题的人却是贾尼丝。

　　"真的吗？"贾尼丝扬起了圆润的下巴，"我没有听说过这条信息。"

　　"也许你没有。不过，我现在告诉你了。今天早晨，我询问了酒吧里的服务员。莫瑞斯爵士不仅曾经出现在酒吧里，还有人看到他后来在动植物园里停留过，就在猴子馆旁边。他好像在和什么人谈话，那个人藏在树丛后面，目击者没有看到他的脸。我希望你们记住这个小插曲，它很重要，也是谋杀的序幕。"

　　"难道你是说，"海伦娜倒吸了一口气，瞪大了眼睛凝视着德尔摩特的脸，脸上渐渐出现了血色，"你知道是谁谋杀了莫瑞斯？"

　　"是的。"

　　"你是怎么知道的？"贾尼丝问道。

　　"罗斯小姐，实际上是你告诉我的。"

　　德尔摩特稍微想了一下。

"罗斯夫人也有功劳,"他补充说,"是她开了个头,然后你给了我具体的提示。实际上,这是潜意识作祟,"他用手揉着前额,面带歉意,"一件小事常常会引向另一件小事。好吧,请让我继续讲下去。

"在晚饭之前,莫瑞斯爵士回到了房子里。请注意,在动植物园的会面之前,他的眼神就'非常可怕'了,就像酒吧招待说的那样。但是当他回到家的时候,他已经变得脸色苍白、浑身发抖——我们已经多次听到这样的描述。他拒绝去剧院,而是把自己锁在书房里。在晚上八点钟,你们其他人都去了剧院,对吗?"

本舅舅揉着下巴。

"是的,都没有错。但是为什么要重复这些东西?"

"因为它们都有相应的含义。在十一点的时候,你们和伊芙·尼尔一同从剧院回来了。在此期间,艺术品商人在八点半给莫瑞斯爵士打电话,宣布他得到了新的宝贝,然后带着鼻烟盒来拜访,并且留下了鼻烟盒。而你们直到回到家之前,都并不知道鼻烟盒的事情。我说得对吗?"

"正确。"本舅舅回答说。

"很显然,伊芙·尼尔从来没有听说过鼻烟盒的事情。昨天顾荣先生向我复述了你们的证词,你们说她并没有陪你们回到房子里。罗斯先生,"他朝托比点了点头,"把她送到了她家别墅的门口,然后道了晚安。"

"我说,"托比突然变得狂躁起来,大声地嚷道,"这是什么意思?你想说什么?"

"到目前为止，我叙述的证据都正确吗？"

"是的。但是……"

托比把手放了下来，忍住自己的不耐烦。灯塔的白光仍然不断地闪烁；他们并没有直视强光，可是心里都感到焦躁。这时又传来了一阵敲门声。

沃图尔先生站起身来，德尔摩特也站了起来。共有三个人走进了办公室。第一位是阿瑞斯泰德·顾荣先生。后面跟着一个灰色头发、面带忧色的女人，她穿着一身哗叽布料的制服。最后进来的是伊芙·尼尔。灰发女人的手一直在伊芙的手腕附近，随时防备着她的犯人逃走。

伊芙并没有要逃走的意思。不过当她看到灯塔的强光扫过破旧的木头扶手椅时，她的身子变得僵硬，下意识地退缩了一下。女典狱官立刻扣住了她的手腕。

"我决不会再坐进那把椅子。"她的语调很冷静，但是德尔摩特能分辨出一种危险的变音，"不管你们要干什么，我决不会再坐那把椅子。"

"没有这个必要了，太太。"沃图尔先生说，"肯霍斯医生，请控制好你自己的情绪！"

"不会的，不会的，绝对没有必要再坐那把椅子了。"顾荣先生轻轻地拍了拍伊芙的后背，安慰说，"我们不会伤害你，亲爱的。我，一个老好人，向你保证。与此同时，医生，如果你能对我更坦诚一点儿，我就不会这么犯难。"

德尔摩特闭上了眼睛，很快又睁开了。

"我想这是我自己的过错，"他心酸地说，"我以为一天的时间——不到一天的时间，不会造成什么伤害。"

伊芙朝他露出了微笑。

"并没有什么伤害，对吗？"她开口道，"顾荣先生告诉我，你已经兑现了你的承诺，我……嗯，差不多要脱离苦海了。"

"人不能把话说得太满，太太！"区检察官很不赞同。

"有时候，"德尔摩特说，"只要看得准，就可以打保票。"

伊芙相当镇定。当强光闪过之后，她看起来就像个没事人似的。顾荣先生拉过来一把椅子，伊芙坐了进去，生硬但友好地朝海伦娜、贾尼丝和本舅舅点了点头，又朝托比笑了笑。然后她看着德尔摩特。

"我相信你。"伊芙在陈述一个事实，"即使是所有的东西都不对劲的时候，即使是他们拍着桌子向我怒吼'凶手，坦白！'的时候，我仍然相信你。"她无法抑制地笑了起来，"我知道你要求我做的事情有某种意义。我并没有对你产生怀疑。可是，上帝呀，我被吓坏了！"

"是的，"德尔摩特说，"这就是麻烦所在。"

"麻烦？"

"正是这个原因让你陷入了目前的困境。你容易信任别人。他们很清楚这一点，并且利用了这一点。实际上，你可以信任我，但是不要理会其他人。"德尔摩特转过身说道，"我自己也准备拷问一下了。听我讲述的时候，你们绝对不会开心的。我可以继续说了吗？"

第18章

有人挪动了椅子，在油地毡上发出了摩擦的声音。

"是的。请继续说！"沃图尔先生严厉地说。

"我刚才已经粗略介绍了案发当晚的主要事件，其中有不容忽视的重要意义，如果需要的话，我愿意一遍遍重复。刚才我说到了在晚上十一点，你们从剧院回来。"德尔摩特看着托比说，"你和你的未婚妻在她家门口分开，然后你和家人一同回到了房子里。然后呢？"

贾尼丝抬起了满是困惑的眼睛。

"父亲下了楼，"她回答道，"向我们展示了鼻烟盒。"

"是的。"德尔摩特说，"昨天顾荣先生告诉我，在发生谋杀的第二天，警方拿走了鼻烟盒的碎片，经过一个星期辛苦的复原工作，他们把鼻烟盒又拼好了。"

托比坐直身子，清了一下嗓子，显然看到了一丝希望。

"拼好了？"他重复着。

"罗斯先生，现在那个鼻烟盒值不了多少钱了。"警察局长打破了他的希望。

看到德尔摩特挥了一下手臂，区检察官再次拉开桌子的抽屉。他从中拿出了一个小小的东西，小心翼翼地捧在手心上递给了德尔摩特，似乎它会随时变成一堆碎片。

如果莫瑞斯·罗斯爵士看到鼻烟盒现在的样子，肯定会感到伤心。当灯塔的白光扫过皇帝的鼻烟盒时，玛瑙的玫红色变得更为浓重，用来装饰刻度和指针的碎钻石璀璨夺目，金丝镶边和金质的仿怀表上条柄轴都闪闪发光。但是整个鼻烟盒看起来仍然了无生气，好像有一点儿黏糊糊的（这么说不一定贴切），所有的色彩都有些模糊，所有的线条都有点儿变形。德尔摩特举起鼻烟盒，用手指转动着向大家展示。

"他们用鱼胶把碎片粘在一起。"他解释说，"负责这项工作的人眼睛都快看瞎了。而且现在鼻烟盒打不开了。不过你们都看过它原本的样子？"

"是的！"托比用手拍了一下膝盖，"我们都见过它完好的样子。那又怎么样？"

德尔摩特把鼻烟盒还给了沃图尔先生。

"十一点过后没多久，莫瑞斯·罗斯爵士就回到书房里了。因为家人对他的新收藏品不感兴趣，他有些不快。我没猜错的话，你们其他人都去睡觉了。

"可是你，罗斯先生，无法入睡。在凌晨一点，你起了床，下楼去了客厅，给伊芙·尼尔打了个电话。"

托比点头承认，同时偷偷地瞥了一眼伊芙。这个眼神令人难以捉摸，他好像急切地想要告诉伊芙什么事情，但却极度痛苦地犹豫着，不停地捻着他的小胡子。而伊芙一直目视前方。

德尔摩特注意到了托比的目光。

"你和她打电话谈了几分钟。你们都说了什么？"

"嗯？"

"我在问，你们都说了什么？"

托比收回了目光。"我怎么可能记得？等一下——是的，我想起来了！"他用一只手抹了一下嘴唇，"我们谈论了那天晚上看的戏剧。"

伊芙浅浅地一笑。

"那是一出关于妓女的戏剧，"她接口说，"托比害怕我会被吓到。我猜在那个时候，他满脑子都是这个想法。"

"听着，"托比往后一仰身子，努力保持镇定，"我们刚刚订婚的时候，我就告诉过你，我并不是完美无缺。我说过这样的话，对吗？现在你要就这个话题指责我，就因为我昨天晚上昏了头，说了一些不过脑子的话？"

伊芙没有回答。

"让我们再说回电话聊天的内容。"德尔摩特说，"你们谈到了刚刚看过的戏剧，还有其他东西吗？"

"见鬼，这有什么关系吗？"

"非常重要。"

"好吧……我提到了野餐。我们打算第二天去野餐，当然我们后来没去成。哦，我还提到父亲刚刚为他的收藏品添加了一样小玩意儿。"

"但是你并没有说那件小玩意儿是什么？"

"我没有说。"

德尔摩特盯着他说道："以下的部分，我将会引述顾荣先生的话。放下电话之后，你上楼去睡觉，时间是凌晨一点过了几分钟。到了楼上之后，你注意到你父亲仍然没有睡，因为你看到书房下面的门缝里透出了灯光。但是你没有去打搅他。对吗？"

"是的！"

"我猜测，莫瑞斯爵士平时并不会睡那么晚？"

海伦娜清了一下嗓子，替托比回答："他平时不会那么晚睡。我们所说的晚，和有些人的概念不一样。莫瑞斯通常在晚上十二点睡觉。"

德尔摩特点了点头。

"而你，罗斯夫人，在凌晨一点十五分，你也起了床。你去了丈夫的书房，打算提醒他早点休息，并且想就购买鼻烟盒的事情劝诫他。你没有敲门，而是直接推开了书房的门。房间里面的枝形吊灯并没有打开，只有桌子上的台灯亮着。你看到你丈夫坐在那里，背对着你。但是因为你是一个近视眼，你一直没有发现什么异常……直到你走近他，发现了血迹。"

海伦娜的眼睛里又涌出了泪水。"有这个必要吗？"她问道。

"还有另一件非常必要的事情。"德尔摩特对罗斯夫人说，"我们可以略过悲剧，但是我们无法忽略事实。警察赶到之后，罗斯小姐和罗斯先生都曾经试图到街对面找尼尔太太。当时一名警察拦住了他们，告诉他们必须等警长到达之后才能走出院门。

"在此期间，发生了什么事情？让我们把注意力转向举世无双的伊薇特·拉图尔。按照伊薇特自己的说法，她被赶到的警察和外面的喧闹声吵醒了，于是走出了自己的房间。然后她看到了最关键的证据，足以把人送上断头台的证据。她看见尼尔太太完成谋杀之后回到家中，用钥匙打开前门，悄悄地上了楼，身上穿着一件染着血迹的睡衣，随后又在浴室里洗去了睡衣上的血点。时间是……凌晨一点半左右。"

区检察官沃图尔先生突然举起了一只手。

"等一下！"他绕过了桌子，厉声地说，"即使考虑了你的新证据，我还是不明白你这么说的用意。"

"不明白？"

"不明白！按照尼尔太太自己的证词，她确实做了这些事情。"

"是的。在凌晨一点半。"德尔摩特特意强调说。

"好吧！不管是凌晨一点半还是其他时间！你能解释清楚吗，肯霍斯医生？"

"乐意之至。"德尔摩特一直站在桌子旁边，他拿起了被修补好的鼻烟盒，很快又放了下来。然后他走到托比的面前，用非常好奇的目光打量着托比。

"在你的证词当中，"他问道，"你有什么要改动的吗？"

托比惊愕地看着他说："我？没有。"

"没有？"德尔摩特说，"你仍然不肯承认你说了一大堆谎言吗，哪怕是为了拯救一个你自称深爱的女人？"

顾荣先生在远处轻轻地笑了一声。区检察官瞪了他一眼，很不满意。不过区检察官并没有过去，而是迅速地绕过桌子，迈着细碎的步子咄咄逼人地走到托比面前，盯着他的脸。

"你怎么说，先生？"区检察官问道。

托比跳了起来，用力地把他的椅子往后一推，椅子向一侧翻倒，摔在了地面上。

"谎言？"

"给尼尔太太打过电话之后，"德尔摩特说，"你声称上了楼，经过父亲的书房时，看到了门缝下面的灯光。"

"昨天我和肯霍斯医生上楼去察看书房，"顾荣先生打断了他们，对听众说，"医生看到房门的时候有些吃惊。当时我并不明白为什么，那个小插曲没有引起我的注意。但是我现在明白了。那扇门——如果你们还有印象的话——是一扇非常厚重的门，而且门的下边缘紧紧贴着地毯，每次开门关门的时候，都会蹭掉地毯上的绒毛。"

他停了下来，身体绷得笔直，反复地前倾、后仰，使得听众的脑海里都出现了房门开合的场景。

"所以，任何人都绝不可能看到门缝下面的灯光。"顾荣先生停顿了一下，然后又补充说，"不过这并不是罗斯先生说过的唯一谎言。"

"不止这一个，"区检察官也表示赞同，"我们是不是应该说一说那两条项链？"

德尔摩特·肯霍斯并不像警察局长和区检察官那样喜欢看着猎物掉进陷阱，也并不热衷于把人逼进死角。但是看到伊芙脸上的表情之后，他点了点头。

"戴着棕色手套的人……"伊芙几乎是尖叫了起来。

"是的，"德尔摩特说，"是你的未婚夫，托比·罗斯。"

第19章

"这并不是什么新鲜的故事，"德尔摩特继续说，"他有一个女朋友叫作布玉·拉图尔，是那位乐于助人的伊薇特的妹妹。布玉小姐坚持索要昂贵的分手礼物，她威胁要是拿不到的话，可能会给罗斯先生找各种麻烦。可是托比·罗斯的薪水并不高，因此他决定从父亲的收藏品里偷走那条钻石和绿松石的项链。"

"我不相信。"海伦娜激动地喘息着，就像是在抽泣。

德尔摩特想了想，接着说道："也许'偷走'这个词不算恰当，他并不想伤害任何人，也许会在他认为适当的时机告诉我们。他打算用一件复制品替换那条项链，这样他的父亲就不会察觉。按照他的想法，他是要'借用'这个东西来应付布玉小姐，等有足够的钱之后再赎回来。"

德尔摩特走回到区检察官的桌子旁边，拿起了那两条项链。

"他请人做了一条假项链……"

"他找到了格鲁瓦街上的波利先生。"警察局长补充道，"波利先生愿意指认托比·罗斯就是委托他做项链的人。"

托比没有说话，也没有看任何人，而是快速地穿过房间。沃图尔先生以为他要冲向房门，于是大声地发出了警告。但是托比并不是想逃走。他只是想把脸藏到一个墙角里——从字面意义和引申意义上看，都是如此。他一直走到了一排文件柜旁边才站住，背对着其他人。

"昨天晚上，"德尔摩特举起其中一条项链说，"这个复制品出现在了布玉小姐的针线篮里面。我认为有必要让顾荣先生追查一下项链的问题，于是我在今天早上去伦敦之前给他写了一张字条，要求他到布玉小姐那里找到假项链，然后顺藤摸瓜。毫无疑问，是托比·罗斯把项链送给了布玉小姐。"

"坦率地讲，"伊芙·尼尔出人意料地说，"我对此并不感到吃惊。"

"不吃惊，太太？"顾荣先生问道。

"一点儿也不吃惊！昨晚我问过他，是不是他把项链送给了布玉。他否认了。但是他偷偷地用古怪的神情看了她一眼，意思是说：'你要帮我圆谎！'他的意图太明显了，我不可能不明白。"伊芙突然用一只手抹了一下眼睛，她的脸涨得通红，"布玉小姐是一个非常现实的女孩。当托比问她项链是从哪儿来的时候，她就帮他圆了谎，什么都没有说。但是托比为什么要给她一条假项链？"

"因为，"德尔摩特回答说，"没有必要给她真项链了。"

"没有必要了？"

"是的，没有必要了。莫瑞斯爵士死了之后，那个优秀青年认为他随时可以用父亲的遗产来补偿布玉小姐。"

海伦娜·罗斯惊叫了起来。

热衷于戏剧性效果的顾荣先生和沃图尔先生都得到了满足，

他们甚至面露喜色地看着她。

但是其他人都不开心。本佳漫·菲利普站了起来，走到了他姐姐的椅子后面，把双手放在海伦娜的肩膀上，帮助她稳定情绪。

德尔摩特的语调越来越尖锐，就像一条鞭子；你甚至能听到他甩动鞭子时发出的噼啪声。

"遗憾的是，他并不知道他父亲的财务状况几乎和他自己的一样糟糕。"

"对他来说，这肯定是一个沉重的打击，嗯？"顾荣先生说。

"我对此毫不怀疑。就在案发之前，布玉小姐和罗斯先生大吵了一架——她昨天自己承认了。实际上，自从罗斯先生宣布和伊芙·尼尔订婚之后，她就一直在找麻烦。同样毫无疑问的是，在她情绪不稳定的时候，她曾经威胁要违反自己的承诺。就算布玉小姐没有威胁过（请不要忘了，就像顾荣先生所说的那样，她是一个体面的女孩），她的姐姐伊薇特也肯定发出过威胁：会让霍肯森银行的人都知道这位绅士的丑事。

"罗斯先生认为项链能满足她的要求——我是说真项链。那条项链应该能值十万法郎。他请人做了一条假项链。但是他一直在犹豫，没有去掉包。"

"为什么？"伊芙冷冷地问道。

德尔摩特朝着她咧嘴一笑。

"你应该知道，"德尔摩特回答说，"他毕竟还有一点儿良心。"

托比仍然沉默不语，也没有转过身。

"最后他下定了决心。我不知道是不是因为他那天晚上看了那出戏，或者也可能有其他原因，我们可以请他告诉我们。不管怎么说，有什么东西促使他迈出了关键性的一步。

"在凌晨一点，他和他的未婚妻通了电话。我没有理解错的话，在和伊芙通话的过程中，他彻底地说服了自己，认为他今后的幸福取决于他能否偷到项链，摆脱布玉小姐的纠缠。这是他真诚的想法，几乎可以说有几分圣洁。他完全是好心好意。女士们先生们，我这么说并不是为了挖苦他。"

德尔摩特停顿了一下。他仍然站在区检察官的桌子旁边。

"他的行动并不复杂。根据他对父亲的了解，莫瑞斯爵士在凌晨一点应该已经去睡觉了，书房里应该空无一人，一片漆黑。他所需做的就是偷偷地进入书房，打开门左侧的展示柜，用仿制的项链替换真正的项链，然后就万事大吉了。

"在一点刚过几分的时候，他决定开始行动。按照侦探小说里的常见手法，他戴上了一副棕色的工作手套。似乎这所房子里有一半的人都拥有这种棕色手套。他口袋里装着仿制的项链，轻手轻脚地上了楼。因为门缝下面没有透出的灯光，他想当然地认为房间里空无一人，一片漆黑。但是他开门之后发现房间里并不黑，也不是空无一人。更糟糕的是，根据我们数次听到的证词，莫瑞斯·罗斯爵士决不喜欢偷偷摸摸的行径。"

"别紧张，海伦娜！"本舅舅低声说。

海伦娜挣脱了他的手臂。"你想指控我的儿子谋杀他的父亲？"

托比终于说话了。

他刚才一直站在他自己划定的角落里，定期划过的灯塔的光芒照亮了他后脑勺上那一块小小的秃斑。他好像突然意识到了问题，偷偷地扭头查看。听到最后这句荒谬的指控，他冷不丁觉得忍无可忍，于是惊慌失措地从角落里跳了出来。

"谋杀？"他惊愕不已地重复着。

"就是这个词，年轻人。"顾荣先生回应着。

"不要夸大其词！"托比激动但有些心虚地指责道，他伸出了双手，好像这样就能把他们推到一边，"你们不可能认为我谋杀了父亲吧，你们疯了吗？"

"有什么不可能？"德尔摩特问道。

"有什么不可能？有什么不可能？谋杀我自己的父亲？"托比过于激动，甚至根本顾不上辩驳这个问题。他提起了另一件令他愤愤不平的事情："我昨天晚上才第一次听说什么可恶的'棕色手套'。伊芙此前从来没有向我提过什么手套，她是在布玉小姐的花店里突然宣布她当时看到过手套。就是这样的！

"我当时完全被吓傻了。我昨天晚上告诉过她，现在我也会这么告诉你们大家，'棕色手套'和父亲的死没有任何关系，和任何人的死都没有关系。老天啊，你们不明白吗？我进入书房的时候父亲已经死了！"

"抓个正着！"德尔摩特用手掌猛地一拍桌子。

这个声音让所有的人都心惊肉跳。托比向后退了一步。

"你什么意思，抓个正着？"

"没什么。你的确戴了手套，对吗？"

"哦……是的。"

"当你进去劫掠父亲的收藏品时，你发现坐在椅子里面的他已经死了，对吗？"

托比又往后退了一步。

"我认为，这并不算是劫掠……你自己刚才说过。我并不喜欢这么做。但是如果我不做一些小动作，我怎么能得到我想要的东西？"

"托比，你知道吗？"伊芙用一种敬畏的语气说，"你真是一个圣洁的人。是的，你圣洁到了极点！"

"我建议，"德尔摩特坐在了桌沿上，"我们先不讨论道德伦理的问题。请告诉我们后来发生了什么。"

托比不自觉地打了一个哆嗦。即使他想继续虚张声势，现在也坚持不住了。他用手背抹了一下额头。

"没有什么可说的了。既然你已经在我的母亲和妹妹面前羞辱了我，我也没有必要遮遮掩掩了。

"是的，是我做的。就像你说的那样。给伊芙打过电话之后，我就上了楼。整个房子都静悄悄的。我带着那条假项链，就在我的睡衣口袋里。我推开了门，看到台灯亮着，可怜的老头子还坐在那里，背对着我。

"这就是我看到的所有景象。你们知道，我和母亲一样，也是近视眼。你们应该能判断出来，根据我平时——"他又做出了那个惯常的动作，用手挡着眼睛，不停地眨巴，"无所谓了！我应该戴眼镜的。在银行里我总是一直戴着，但是当时我没有戴，所以我并不知道他已经死了。

"我下意识地开始关门，想要逃走。然后我又想，何必呢？

你们理解那种感觉吗？你策划了一件事情，然后推延了行动的时间，接着再次推延。最终你觉得无法忍受了，如果再不动手，你自己就会发疯。

"所以我当时就想：何必呢？老头子耳背得厉害，而且他在专心地研究那个鼻烟盒。展示柜就在房门的旁边。我只需要打开柜子，调换项链，又有谁会看出区别？然后我就可以回去睡觉，彻底地忘掉哈普街上的那个小恶魔。于是我伸出了手。展示柜上并没有锁或者其他机关。玻璃门无声无息地开了。我拿起了那条项链。然后……"

托比停了下来。

灯塔的强光再一次扫过房间，但是没有人注意到。托比急切的语调和神情吸引了所有人的注意力，让大家都紧张得喘不过气来。

"我把玻璃架子上面的音乐盒碰掉了。"他补充说。

他再次停了下来，试图寻找合适的词汇。

"那是一个又大又重的音乐盒，是用木头和锡做成的，上面还有小轮子。音乐盒就放在项链的旁边，在玻璃架子上。我的手碰到了音乐盒。它跌落到地板上，发出了一声巨响……简直能把死人惊醒。可怜的老头子确实耳背得厉害，但是还没有聋到听不到这个声音的地步。

"这还没完。音乐盒刚刚掉到地上，就像活人似的颤动起来，然后开始演奏《约翰·布朗之歌》。在寂静的深夜，它发出的叮咚声抵得上二十个音乐盒的合奏。而我站在那里，手上正拿着那条项链。

"我回过头，但是可怜的老头子仍然一动不动。"

托比再次艰难地咽了一下口水。

"因此我朝他走了过去，想要看清楚。你们已经知道我所看到的景象了。我不敢相信，又打开了吊灯，以便确认，但是他确实已经死了。当时我手里还拿着项链，肯定也是在那个时候项链上沾了血迹，不过我的手套上并没有沾到血。老头子的样子很平静，就像是睡着了，只有被打破的头很吓人。在此期间，那个音乐盒一直在演奏《约翰·布朗之歌》。

"我必须关掉它。我跑了回去，捡起来音乐盒，把它塞到了展示柜里。更要命的是，我意识到我不能调换项链了——那样会引起警察的注意。我当时认为是一个夜贼干的。如果我给布玉小姐一条价值十万法郎的项链，警察有可能会听到风声，进而会发现展示柜里的项链是赝品……

"我彻底昏了头。在那种情况下，还有谁能保持清醒？我回头一看，在炉具架上放着一根拨火棍，看起来很正常。我走了过去，拿起了拨火棍，发现上面竟有血迹和头发，于是赶紧把它放回了原来的位置。这下我彻底慌了，唯一的想法就是赶紧离开那里。我慌手慌脚地试图把项链放回展示柜里面，但是它从绒面的托盘上滑了下去（我想你们记得，那个托盘向前倾斜），掉到了展示柜下面，我没有去捡项链，让它留在了那里。不过在离开之前，我很理智地关掉了吊灯，还算保留了一丁点儿体面。"

他的声音越来越弱。

区检察官的办公室里充满了邪恶的影像。

德尔摩特·肯霍斯仍然坐在沃图尔先生那张桌子的边缘上，他仔细地盯着托比，人们很难分辨他的表情是讥讽还是钦佩。

"你从来没有向其他人提到过这件事？"他问道。

"没有。"

"为什么？"

"我……别人可能会误解。也许别人无法理解我的动机。"

"我明白。正如伊芙·尼尔说出她的遭遇时，别人也无法理解她的动机？那么现在，我们凭什么要相信你？"

"别这样！"托比恳求着，"我怎么知道在街对面那扇该死的窗户后面有人看到了我？"他瞥了一眼伊芙道，"刚开始的时候，伊芙发誓说她什么都没有看到。你们都可以作证，真的是这样！昨天晚上我才第一次听到'棕色手套'的事情。"

"但是你没有告诉任何人你的深夜历险，尽管这些信息足以证明你的未婚妻是无辜的？"

托比满脸疑惑。"我不明白！"

"不明白？好吧，听着。在凌晨一点钟的时候，你给伊芙打了电话，刚挂完电话就上了楼，发现你的父亲死了？"

"是的。"

"好吧，如果是她谋杀了你的父亲，作案的时间是在一点之前？在一点钟的时候，她已经完成了谋杀，回到了自己的卧室里和你通电话？"

"是的。"

"在一点钟之前，她已经完成了谋杀，回到了房子里。那么为什么她要再次离开自己的房子，直到一点三十分才回来，衣服上有新鲜的血迹？"

托比张开了嘴，随后又闭上了。

"这不合情理，你很清楚。"德尔摩特假装温和地自我反驳说，"两次，太多了。想想伊薇特是怎么描述的：凌晨一点三十分，一个惊恐万状的凶手从作案现场悄悄地回到她自己的房子，打开了前门，'头发蓬乱'，匆忙地进入浴室洗去身上的血迹——不对，伊薇特的证据完美得令人难以置信。难道你认为伊芙在半个小时之前刚刚谋杀了莫瑞斯·罗斯爵士，然后又出去再次行凶？按照常理来说，在谋杀了她的第一名受害者之后，她肯定会回来收拾干净，然后才可能再出去？"

德尔摩特抱着胳膊，悠闲地坐在桌沿上。

"你同意吗，沃图尔先生？"他问道。

海伦娜再次挣脱了她弟弟的手臂。

"我不明白这些细枝末节有什么意义，"海伦娜说，"我只关心我自己的儿子。"

"可惜，我并不这么关心托比。"贾尼丝出人意料地插嘴说，"如果托比真的一直在和哈普街上的那个女孩调情，如果托比真的做了他刚才承认的事情，那我得说，我们对伊芙的做法很不地道。"

"安静，贾尼丝。如果像你所说的，托比真的……"

"妈妈，他已经承认了！"

"那我相信他有正当的理由。看到伊芙摆脱了麻烦，我也为她感到高兴，但是我现在并不关心她的事情。肯霍斯医生，托比说的是实话吗？"

"噢，是的。"德尔摩特说。

"他没有谋杀可怜的莫瑞斯？"

"当然没有。"

"可是有人谋杀了他。"本舅舅说。他的眼神闪烁。

"是的，有人谋杀了莫瑞斯爵士。"德尔摩特表示赞同，"我们马上就要说到这一点。"

在这段时间里，唯一一直没有说话的人是伊芙，她一直坐在那里，盯着自己的鞋尖。白色的强光一次次扫过房间，在墙上投射出扭曲的人影，就像是一群影子在游移。在他们对话的过程中，伊芙只有一次握紧了椅子的扶手，似乎在回想什么事情。她的眼睛下面有淡淡的黑眼圈，洁白的牙齿紧咬着下嘴唇。她时不时地暗自点着头。现在她抬起了头，迎向德尔摩特的目光。

"我想我记起来了，"她清了一下嗓子，对德尔摩特说，"我记起来你让我回想的事情了。"

"我本该向你解释清楚，也应该向你道歉。"

"不对！"伊芙说，"不，不，不对！我现在明白为什么今天我叙述的时候，反而让自己陷入了麻烦！"

"我说，请你们让我说一句话，不要打断我。"贾尼丝抱怨道，"我一点儿都不明白。你们想明白了什么？"

"就是，"德尔摩特回答说，"凶手的名字。"

"啊！"顾荣先生低声道。

伊芙盯着德尔摩特手边的鼻烟盒。那件艺术品就放在桌子上，闪烁着奇异的光芒。

"我这九天都是一场噩梦。"她继续说，"一场关于'棕色手套'的噩梦。我根本无法思考其他问题。然后事实证明那个戴棕色手套的人就是托比。"

"谢谢。"被提到的那位绅士低声说。

"我并不是在出言讽刺，我是认真的。当你把注意力完全集中在一件事情上，你就会忽略其他事情；而且你愿意发誓说某件事情是真的——你以为那是真的，其实并不是。只有当你精疲力竭的时候，头脑停止了思维，某些真相才会从潜意识里跳出来。"

海伦娜·罗斯提高了声调。

"行了，我亲爱的。"她大叫着，"这好像很符合心理学和弗洛伊德的理论；不管是不是，看在上帝的分上，请告诉我们到底是怎么回事？"

"那个鼻烟盒。"伊芙回答说。

"鼻烟盒怎么了？"

"凶手的一次猛击砸碎了鼻烟盒。随后警察就拿走了所有的碎片，试图把它们拼到一起。你们知道吗，此时此刻我才第一次亲眼见到鼻烟盒。"

"可是……！"贾尼丝看起来疑惑不已。

德尔摩特·肯霍斯用手一指。

"请看看这个鼻烟盒，"他解释说，"它的个头并不大。根据莫瑞斯爵士的记载，直径是$2\frac{1}{4}$英寸。再观察一下它的外形：即使是近在手边，它看起来也完全像是一块怀表。实际上，当莫瑞斯爵士第一次向家人展示鼻烟盒的时候，你们都认为那就是一块怀表。对吗？"

"是的。"本舅舅承认说，"可是……"

"你完全看不出那是一个鼻烟盒？"

"看不出。"

"在发生谋杀之前，没有任何人向伊芙·尼尔展示过，或者描述过这个鼻烟盒？"

"显然没有。"

"那么问题来了，她声称她在五十英尺的距离外看到了这样东西，她怎么可能知道那是一个鼻烟盒？"

伊芙闭上了眼睛。

顾荣先生和区检察官对望了一眼。

"这就是整个问题的答案，"德尔摩特继续说，"就是暗示的力量。"

"暗示的力量？"海伦娜尖叫道。

"这个案子的凶手非常聪明。他的谋划精妙绝伦，不仅为他自己提供了一个牢不可破的不在场证明，使得他看起来和莫瑞斯爵士的遇害毫无关系，同时还让伊芙·尼尔成了第二位受害者。而且他差点儿就成功了。你们想知道凶手是谁吗？"

德尔摩特从桌沿上跳了下来，走向通往大厅的房门。当灯塔的强光再一次射进房间的时候，他猛地拉开了房门。

"实际上，他是一个自大狂；他完全不顾我们的劝阻，执意要到这里来为自己作证。进来吧，朋友。我们都欢迎你。"

在白色的强光下，他们看到了门外面色苍白、瞪大了眼睛的奈德·阿特伍德。

第 20 章

一周之后的一个晴和的下午，贾尼丝·罗斯正在叙说她的观点。

"那么说，看起来最清白的证人，表面上被迫三缄其口，因为他不能败坏一个女人的名声，"贾尼丝说，"而实际上他正是犯下谋杀案的罪人？这种手法不是很新颖吗？"

"奈德·阿特伍德认为这是一个绝妙的新点子。"德尔摩特说，"他借鉴了 1840 年在伦敦发生的威廉姆爵士案，但是他调换了其中的人物角色。

"正如我说过的，他的目标是为自己提供一个不在场证明，以便逃脱谋杀莫瑞斯爵士的罪责。伊芙将会是他的证人，为他提供不在场证明。而且更具有说服力的是，伊芙是一个不得已的证人。你明白吗？"

伊芙打了个哆嗦。

"这是他最初的计划，我可以详细地介绍给你。奈德不可能预见到托比·罗斯会突然闯进来插一手，戴着一副棕色手套，不过这给他提供了一个额外的受害者和证人。奈德看到托比的时候，肯定欣喜若狂，认为是天赐良机。另一方面，他也无法预见到自己会从楼梯上摔下去，会因为脑震荡而昏迷不醒。凑巧的是，正是摔下楼梯这个意外毁掉了他的整个计划。如此说来，走运和背运的机会是相等的。"

"好了，"伊芙突然说，"请给我们仔细讲一讲吧。全部的案情。"

空气中突然出现了一丝紧张的气氛。伊芙、德尔摩特、贾尼丝和本舅舅都坐在伊芙家别墅的后花园里，在高墙和栗子树的阴影下享受下午茶。桌子就放在一棵树的下面，他们头顶的树叶已经开始微微泛黄。

（秋天就要来了，德尔摩特·肯霍斯暗想，我明天就要回伦敦了。）

"好的，"德尔摩特说，"我正想告诉你们。沃图尔、顾荣和我这整个星期都在收集各种线索。"

看到伊芙焦急的面孔，他对自己即将说出口的内容感到懊恼。

"你们都守口如瓶。"本舅舅不安地嘟囔了一下，然后大声抱怨道，"那个家伙为什么要杀死莫瑞斯，我怎么也想不通！"

"我也一样，"伊芙说，"有什么动机？他根本不认识罗斯老爸，对吗？"

"他并没有意识到他曾见过莫瑞斯爵士。"德尔摩特回应道。

"你说没有意识到，是什么意思？"

德尔摩特靠在柳条椅里面，交叠着双腿，点燃了一支马里兰香烟。他的表情很专注，一种愤怒的专注，致使他脸上出现了比往日更多的皱纹。不过当他朝伊芙微笑的时候，他试图掩饰自己的情绪。

"这牵扯到我们发现的好几件事情，我希望你认真地回想。在你仍然是阿特伍德的妻子时，你们住在这里，"他注意到了伊芙畏缩的表情，"但是和罗斯家族并没有交往，对吗？"

"没有什么交往。"

"但是你有好几次注意到了那个老人？"

"是的，没错。"

"而且每次他看到你和阿特伍德在一起的时候，他都会使劲盯着你们，表情很困惑？是的。他当时是在回想以前在什么地方见过奈德·阿特伍德。"

伊芙坐直了身子。她的脑海里突然闪过了一种猜测。

但是德尔摩特并不是靠猜测。"还有一次，"他继续说，"在你和托比·罗斯订婚之后，莫瑞斯爵士曾经非常隐讳地向你询问阿特伍德的情况，但是他支支吾吾，眼神古怪，没有再说其他事情？是的。还有，你曾经嫁给了阿特伍德，但是你对他有多少了解？即使是现在，你都知道什么？你知道他以前的生活、家庭背景，或者其他东西吗？"

伊芙舔了舔嘴唇。

"我一无所知！奇怪的是，我曾经向他提出过这些问题，就在发生……谋杀的那天晚上。"

德尔摩特转头看着贾尼丝。她也张开了嘴，看起来非常吃惊，又似乎有所觉醒。

"姑娘，你曾经告诉过我，你父亲不善于记住别人的面孔，但他会时不时突然回想起来自己曾在某个地方见过某个人。很自然，在参与监狱改革的过程中，他见过很多张面孔。我们无法确定他是在什么时候想起了他以前在哪里见过阿特伍德。但是他肯定想起来了，阿特伍德是一名模范犯人，在旺兹沃思[1]因为重婚罪被判了五年徒刑，并且越狱逃脱了。"

"重婚罪？"伊芙喊道。

不过她并没有出言反驳。她的脑海里浮现了黄昏时分阿特伍德走过草地的身影。回忆的画面如此清晰，就好像阿特伍德真的正朝她走来，面露笑容。

"他是一个类似帕特里克·赫伯特·马洪[2]的人。"德尔摩特继续说，"对女人而言很有吸引力。他在欧洲大陆四处游荡，但是始终远离英国。他靠一些商业合作弄钱，也向别人借钱，债主通常是……"德尔摩特的话戛然而止。

"总之，你大概已经明白事情的前因后果了。你和阿特伍德离婚了。不过这么说并不准确，从法律角度讲，你们根本就没有结过婚。另外，他的名字根本就不是阿特伍德。你们真的应该找一天看看他的档案。在'离婚'之后，阿特伍德去了美国。他说他将要让你回到他的身边，他确实有这个意思。但是在此期间，你和托比·罗斯订婚了。

"莫瑞斯爵士对你们的婚约非常满意。实际上，他相当欣喜。他不想让任何东西影响这门婚事，因为他……我想贾尼丝和菲利普先生能明白我的意思……"

---

1. 大伦敦地区的一个自治市。

2. 一个相貌英俊的英国男子，1924 年谋杀了情人。

一阵沉默。

"是的。"本舅舅咬着烟斗，含糊不清地嘟囔着。随后他又激动地补充说："我自己一直站在伊芙这一边。"

贾尼丝看了一眼伊芙。

"我对你的态度糟透了。"她脱口而出，"因为我不知道托比竟是这样一个自私自利的讨厌鬼。是的，我要这么说，即便他是我的哥哥！其实，你知道的，我从来没有真的想过……"

"没有想过？"德尔摩特笑着说，"即使是你暗示她可能曾经进过监狱的时候？"

贾尼丝朝他吐了吐舌头。

"不过你给了我们线索，"德尔摩特继续说，"实际上，你提供了一个与本案高度相似的案例，当你给我们讲完关于菲尼斯泰尔，或者说马克空泰林的故事时，本案的全部谜团就足以解开了。让我们看看随后发生的事情！历史又重演了。虽然你没有转过来脑筋，但这不能怪你。现在想起来，当时拉邦德莱特的很多人都知道奈德·阿特伍德回到了这里，而且就住在董炯酒店里。

"莫瑞斯爵士照例下午去散步。他去了什么地方？去了董炯酒店的柜台酒吧。酒吧里面有什么人？奈德·阿特伍德正在那里大声地吹嘘，说他要让妻子回到他身边，甚至不惜向其他人透露她的隐私。

"而你，贾尼丝，你有一次甚至暗示说阿特伍德也许曾经见过你父亲，还和他谈过话。真正发生的事情就是如此。你父亲说：'先生，我能否到外面跟你说句话？'阿特伍德并不知道莫瑞斯爵士有什么意图，但是他照办了。随后他了解到那个老人对他的底细一清二楚。我们可以想象阿特伍德听到这个消息之后有多么狂怒。

"他们走到了动植物园里。莫瑞斯爵士浑身颤抖，他对阿特伍德说的话和他以前对菲尼斯泰尔说的一样。你还记得吗？"

贾尼丝点了点头。

"我给你二十四小时的时间逃亡，"贾尼丝引述说，"过了二十四小时之后，不管你是否成功逃走，我都会把你的所有详细信息，包括你的新生活、新名字、新家庭住址，全部告诉苏格兰场。"

一直在柳条椅上向前欠着身子的德尔摩特再次往后一靠。

"这是从天而降的大祸。阿特伍德原本坚信自己能赢回前妻，现在他的希望完全破灭了。他悠闲的生活即将被迫终结。不行，他不愿意回到监狱里。你们可以想象一下他在动植物园里乱转，经过关着野生动物的笼子时，脑海里不断重复的是什么想法：一个可怕的、不公的打击突然袭来，他将要被关回监狱。

"除非……

"他以前没有和莫瑞斯·罗斯爵士打过交道，并不熟悉他。但是他很熟悉布洛尔别墅里的居民有什么生活习惯。不要忘了，他在这个街区住了很多年。

"他自己亲眼见过，在其他家人都去休息之后，莫瑞斯爵士习惯于独自坐在书房里。他曾经在街对面多次看到莫瑞斯爵士的书房，伊芙也是一样。天气热的时候，书房的窗帘会开着；因此他知道书房里面的布局，知道莫瑞斯爵士坐在什么地方，房门在什么位置，铁制的炉具放在哪里。最妙的是，他拥有一把能打开伊芙那栋别墅大门的钥匙。你们没有忘记吧，那把钥匙也能打开布洛尔别墅的大门。"

本佳漫·菲利普用他的烟斗杆挠了挠前额，沉思着。

"要我说，证据有时候就像是双刃剑，对吗？"

"有时候是这样的。"德尔摩特犹豫着说，"接下来发生的事情会让你们感到难过。你们真的想听吗？"

"继续说！"伊芙叫道。

"如果阿特伍德打算采取行动，那他必须立刻动手，一了百了地堵上莫瑞斯爵士的嘴。他作出了一个非常正确的判断：在他出城逃跑之前，为了避免公开的丑闻，莫瑞斯爵士不会向任何人透露这件事情。不过，尽管被莫瑞斯爵士提前说出去的风险很小，阿特伍德还是想给自己准备一个万全的不在场证明，以防不测。当他在动植物园里转悠的时候，还不到十分钟时间，狡猾而自负的他就想好了一个捏造不在场证明的计划。你们马上就会明白。

"他熟悉每一个人的作息习惯。当你们从剧院回来的时候，他就在昂志街上转悠。他看到伊芙回到了自己的别墅，其他人回到了布洛尔别墅。他在那里耐心地等待着。等到其他人都入睡了，其他房间的灯光都熄灭了，就只剩下没有拉窗帘的书房还亮着灯。他并不在乎敞开的窗帘。那是他计划中的一部分。"

贾尼丝的脸色变得苍白，甚至连嘴唇都发白了，但她仍然忍不住问了一个问题。

"街对面房子里的人有可能看到他，这是一种风险？"

"街对面的哪一个房子？"德尔摩特问道。

"我……我明白了。"伊芙说，"我总是拉严窗帘。而我家两侧的房子都是空着的，至少在这个季节没有人住。"

"是的。"德尔摩特赞同道，"顾荣先生也是这么告诉我的。让我们继续讨论狡猾的阿特伍德先生。他已经准备好了。他用那把钥匙打开了莫瑞斯爵士家的大门……"

"在什么时间？"

"大概十二点四十分。"

德尔摩特的香烟已经烧成了一截黄黄的烟蒂。他把烟蒂扔到了地上，用脚碾了一下。

"我猜测他自己带了某种武器——同样不会有太大噪音的武器，以防书房里没有他需要的拨火棍。但是他的担忧是多余的，拨火棍就放在炉具架上。根据他后来和伊芙对话的内容，我们知道他了解莫瑞斯爵士耳背的情况。他推开了书房的门，拿起了拨火棍，从受害者的背后步步逼近。那个老人就坐在那里，正在专心致志地研究一样新的宝贝。在他的前面有一张便笺，上面用大标题写着：鼻烟盒，形状如怀表。

"凶手举起了胳膊，下了毒手。一旦开了头，他就变得疯狂残忍。"

伊芙相当熟悉奈德·阿特伍德，她完全能在脑海里重现那一幕。

"其中的某一次重击砸碎了那个看起来很昂贵的小玩意儿——也许是意外，但更可能是刻意的举动。阿特伍德肯定想知道碎的是什么东西。在他的面前就是染上了血迹、但字迹仍然清晰可辨的便笺，上面最明显的就是开头的几个大字：鼻烟盒。这肯定给他留下了深刻的印象——我们很快就会明白的。现在我们要说最重要的部分了！"

德尔摩特转向了伊芙。

"那天晚上阿特伍德穿着什么样的衣服？"

"一身……毛茸茸的、有些粗糙的深色衣服。我不知道那种料子叫什么。"

"是的，"德尔摩特满意地说，"那就对了。当他打碎鼻烟盒的时候，有一小块碎片飞了起来，挂在了他的外衣上。他自己并没有注意到。随后，当他和你在卧室的时候，他曾经用胳膊搂着你，于是那个碎片转移到了你那件白色睡衣上面。

"你自己也没有注意到那个碎片。实际上，你愿意发誓说身上根本没有什么碎片，并且深信是有人故意把它放到了你的睡衣上。但是实际情况很简单，仅此而已。"他看了看贾尼丝和本舅舅道，"我想那块不祥的玛瑙碎片现在不那么神秘了？

"很抱歉，我没有严格按照时间顺序来介绍。我刚才所说的是我们事后的分析，并不是我刚听到玛瑙碎片一事时的想法。顾荣先生第一次向我介绍这一细节的时候，我觉得凶手多半是罗斯家族内部的成员。你们不能埋怨我，因为你们自己也曾经这么想过。

"在案发后第一天的下午，伊芙在布洛尔别墅里第一次非常简略地向顾荣先生叙述了她的遭遇，其中的某些细节让我感到疑惑。但是我真正开窍是在当天的晚上；我和伊芙去了'鲁斯老爸'餐厅，她一边吃煎蛋卷一边向我完整地叙述了她的所有遭遇；我脑袋里模糊的想法突然变清晰了，这才意识到我们的方向完全搞错了。剩下的你们都知道了。"

伊芙打了个哆嗦。

"是的。我现在明白得太透彻了。"

"为了让在场的诸位都清楚明了，我们还是回顾一下发生的事情。阿特伍德在十二点四十五分来到了你的房子门口，用那把宝贵的钥匙开了门……"

"他那天晚上眼神呆滞，我以为他喝了酒。"伊芙叫了起来，"他不仅眼神呆滞，还有某种情绪压力，几乎是眼泪汪汪。我以前从来没有见过奈德那样。我吓坏了。他的样子比以往狂饮之后更可怕，但是他并没有喝酒。"

"他没有喝酒，"德尔摩特说，"他刚刚离开谋杀的现场。即便是对奈德·阿特伍德这样自负的人而言，杀人也不是一件轻松的事情。他杀完人之后离开了布洛尔别墅，悄悄地跑到赌场大道上，在那里停留了一两分钟，然后又回到昂志街，走向了另一侧的米哈玛别墅，就好像他是第一次踏上这条街道。现在他要给自己准备不在场证明了。

"不多说了，我们现在应该只关注证据。他闯进了你的房间，开始谈论罗斯家族，谈到了坐在街对面的老人。他故意惹得你陷入了极度焦虑的状态，然后他拉开了窗帘，朝外面望过去。而你关掉了灯。现在请注意！请你逐字逐句地向我复述你们紧接着都说了什么。"

伊芙闭上了眼睛。

"我说：'莫瑞斯爵士还没有睡吗？是吗？'奈德说：'是

的，他还没有睡。不过他并没有往这边看。他正拿着一个放大镜，在看一个鼻烟盒之类的东西——等一下！'然后奈德又说：'那里还有另外一个人，但我看不清楚是谁。'我说：'托比，也许是他。奈德·阿特伍德，请你离开那扇窗户！'"

伊芙深深地吸了口气，在那个寂静的晚上，在那间闷热而昏暗的卧室里发生的事情无比清晰地浮现在了她眼前。

伊芙又睁开了眼睛。

"就是这些了。"她补充说。

"但是你自己，"德尔摩特追问道，"真的朝窗外看过吗？"

"没有。"

"确实没有，你全盘接受了阿特伍德的说法。"

德尔摩特转身对其他人说："我们如果分析一下阿特伍德声称看到的东西，就必然会感到惊诧，会像被砖砸在脸上一样震惊。如果他真的看到了什么，那也是五十英尺之外的一个小东西，看起来就像一块怀表。但是他毫不犹豫地声称那是一个'鼻烟盒之类的东西'。那个聪明的家伙在这一点上露了马脚。他根本不可能看到那是一个鼻烟盒。他不可能知道，除非——那是另一种恐怖的解释了。

"请注意他接下来做的事情！

"他立刻开始试图说服伊芙，让伊芙确信自己也和他一样朝窗外看过，看到莫瑞斯爵士还好好地活着，正拿着一个放大镜，身后是一个恶魔般的影子。

"他靠的是暗示的力量。如果你们仔细阅读笔录的内容，就会注意到他的做法。他总是这么说：'你还记得我们看到的吗？'

而伊芙是一个特别容易受暗示影响的女人——我的一位心理学同行曾经告诉过她，我自己也注意到了这一点。她当时神经快要崩溃了，愿意相信任何事情。等她的脑海里形成了足够强烈的印象，阿特伍德便拉开窗帘，让她看到了死去的莫瑞斯爵士。

"想到这一点，我才全都明白了。

"他这个把戏的根本意图就是让伊芙相信她看到了一些她其实并没有看到的情况：阿特伍德和她在一起的时候，莫瑞斯爵士还活着。

"阿特伍德就是凶手。这就是他的计划。要不是一个小小的差错，他原本能成功。他已经说服了伊芙。她真的相信她看到莫瑞斯爵士活生生地坐在书房里，就像她曾经很多次看到的那样，同样的姿势，同样的位置。顾荣先生当着我的面第一次询问伊芙的时候，她就是这么说的。如果莫瑞斯爵士面前真的是一个普通的鼻烟盒，外形看起来就像是鼻烟盒，那么绝顶聪明的阿特伍德先生就能如愿以偿。"

德尔摩特把胳膊拄在椅子的扶手上，用拳头撑着下巴，沉思着。

"肯霍斯医生，"贾尼丝轻声地说，"这真是聪明。"

"聪明？他当然非常聪明！那个家伙显然熟悉犯罪史。他立刻就想到了威廉姆爵士的案子，而其他人根本没有察觉……"

"不对，我是说你分析案情很聪明。"

德尔摩特笑了起来。他并不习惯于自傲，他的笑声中有一种苦涩，就像喉头上有一剂苦药。

"聪明？任何人都应该能看明白。有些女人似乎天生就……

是骗子的受害者。

"现在我们来看看曾让我们都挠头的意外事件。戴着棕色手套的托比·罗斯突然闯进来打乱了阿特伍德的计划。不过这是天上掉馅饼。根据伊芙的描述，阿特伍德当时看起来既惊诧又喜悦。这给他的计划添上了最后几分可信度，让他更加安全。

"你们现在明白他的最终目标了吗？他不想和这个案子有任何牵连，如果可能的话就躲得远远的，决不能让人注意到他。也就是说，不能让人把他和莫瑞斯爵士联系在一起。越少有人谈论他们，就越好。不过，即使有什么疏漏也没关系，他已经准备好了一个不在场证明——他随时都可以让一个并不情愿的女人出来给他作证，他相信自己已经完全控制住了她；更妙的是，因为她的证词会有损自身名誉，所以听起来也更加可信。

"也正因为如此，当他倒在酒店里的时候，他声称自己'被汽车撞到了'。除非迫不得已，他并不想提到谋杀案和昂志街。而且他根本不相信自己受了重伤。

"不过正是意外破坏了他的整个计划。首先，他意外地被推下了楼梯，头撞在了墙上，造成了脑震荡。其次，怀有恶意的伊薇特插手进来——她有自己的计划和目标。其实，阿特伍德根本不想让怀疑指向伊芙。这是他完全无法预料的事情。当他由于脑震荡而躺在病床上的时候，如果他知道事态的发展，他一定会惊恐万状。"

"这么说确实是伊薇特，"贾尼丝插嘴道，"是她关上了后门，把伊芙锁在了房子外面？"

"哦，是的。关于伊薇特，我们只能猜测。她是一个诺曼血统的农妇，拒绝回答任何问题；沃图尔的全部努力都徒劳无功。当她把伊芙锁在外面的时候，她很可能对谋杀一无所知。她知道的是阿特伍德在那里，她想要引发丑闻，促使你那个‘正派’的哥哥终止婚约。

"我再重复一遍，伊薇特是一个诺曼血统的农妇。当她吃惊地发现伊芙成了谋杀案的嫌疑人之后，她毫不犹豫地展开了行动，而且目标明确。她满腔热情地参与了针对伊芙的指控，使尽浑身解数要让伊芙成为谋杀犯。用这个办法破坏婚约显然更加有效。她根本没有什么善恶观念，她只关心一件事情：让她的妹妹布玉嫁给托比。

"那天晚上我去哈普街的时候，面对的就是这样混乱的局面。我在那里检查了两条项链，听到了伊芙完整的叙述，也就明白了凶手的身份。明白了这一点之后，我们就不难想清楚前面所遇到的难题，也不难把其他证据都组合到一起。

"剩下的问题就是，阿特伍德实施谋杀的动机是什么？答案很显然和莫瑞斯爵士在监狱里的工作有关系。他的妻子和女儿都谈到了他的这一经历，而关于菲尼斯泰尔的那个小故事更能说明问题。我能否验证我的推论？很简单！如果阿特伍德是警方正在追捕的逃犯，或者他曾经犯过罪，那么不管他用的是什么名字，我都能在苏格兰场的档案部门找到他的指纹。"

本舅舅吹了一声口哨。

"哦，哈！"他坐直了身子，低声说，"明白了！你飞去伦敦……？"

"在我弄清楚这一点之前，我们无法采取行动。在去酒店拜访阿特伍德时，我借着给他测量脉搏的时机，趁人不注意，把他的手指按在了我银质怀表的背面，得到了他的指纹。用怀表取指纹似乎效果不错。啊，上帝保佑，我毫不费力地在苏格兰场的档案部门找到了相匹配的指纹。与此同时……"

"这里又是一片大乱。"伊芙接口说。她忍不住笑了起来。

"是的，他们逮捕了你。"德尔摩特的脸色阴沉了下来，"不过我真不明白这有什么好笑的。"

他转头看向了其他人。

"当伊芙向我叙述细节的时候，她过于疲惫，以至于她的潜意识——就是我们特别喜欢用来开玩笑的东西——说出了实话，而她自己都没有意识到那些事实。根据伊芙的叙述，我很容易地推断出她并没有真的和阿特伍德一起朝窗外看，并没有看到活着的莫瑞斯爵士，也从没有见过鼻烟盒。在这之前，她所说的都是阿特伍德安排好的内容。

"我不能左右她的印象，也不能给她反向的暗示。她所说的内容正是我想听到的。她的话明白无误地证明阿特伍德是有罪的。我让她去向顾荣先生再叙述一遍，就像她对我说的那样。等她的供词被记录在案，再加上我手头关于阿特伍德犯罪动机的证据，我就能着手解释这个案子。

"但是我低估了阿特伍德植入伊芙脑海里的暗示的强度，也低估了顾荣和沃图尔身上那种高卢人的凶悍。面对警察局长和区检察官的时候，伊芙下意识地讲述了阿特伍德暗示她的内容，而不是逐字逐句地复述她对我讲的那个版本……"

伊芙抗议说："我根本做不到！他们……他们用强光照我，

还像爆竹一样在我身边跳来跳去。而且你没有在那里给我精神上的支持……"

贾尼丝看了一眼伊芙，又看了看德尔摩特，脸上出现了一种奇怪的表情。那两人注意到此，一瞬间看起来都愤愤不平，非常困惑。

"就这样，"德尔摩特急匆匆地继续说，"他们突然醒悟了。但是他们把阿特伍德的失误安到了伊芙的身上。噢，从来没有人向伊芙提过莫瑞斯爵士的新宝贝，对吗？她从来没有听到过关于鼻烟盒的描述？是的，确实如此。那么，她怎么知道怀表形状的东西实际上是一个鼻烟盒？这种怀疑产生之后，伊芙所说的每一句辩解都让她显得更加可疑。她立刻被送进了看守所，警察局长和区检察官都认为已经把猎物围了起来。幸好我及时赶到了，扮演了戏剧里恶人的角色。"

"我明白了。"本舅舅说，"否极泰来，又乐极生悲，案情就像一个喜欢恶作剧的钟摆——紧接着阿特伍德竟恢复了知觉。"

"是的。"德尔摩特严厉地说，"阿特伍德恢复了知觉。"

想到这一点他极为不悦，眉心皱成了一个"川"字。

"他急于去作证，证明托比就是戴着棕色手套的人，以便让我们尽快结案。他非常急切！这是一个一石二鸟的计划：可以如期地赢回他的前妻，还能把他的对手送进监狱。一个像他那样受了重伤的男人还能从床上爬起来，穿好衣服，跑到市政厅来见沃图尔，你们能想象吗？但是他做到了。他坚持要这么做。"

"你没有阻止他吗？"

"没有，"德尔摩特回答，"我没有阻止他。"

稍作停顿之后，德尔摩特又继续说："他死在了沃图尔先生的办公室门口。当灯塔的强光照到他的时候，他就崩溃了，倒在了走廊上；下一轮白光还没来得及扫过，他就已经死了。他死于罪行暴露。"

黄昏的太阳落了下去。空气逐渐凉爽下来，花园里的小鸟叽叽喳喳。

"而我们高尚的托比……"贾尼丝刚一开口就打住了，看到德尔摩特开始发笑，她气得涨红了脸。

"姑娘，我认为你并不了解你的哥哥。"

"我确实不了解他那些层出不穷的卑鄙把戏！"

"他算不上卑鄙。他只是一个非常普通的案例（请允许我这么说），属于发育停滞。"

"你的意思是？"

"从心智和情感上来讲，他还是一个十五岁的孩子。就这么简单。他完全不明白从自己的父亲那里偷东西也是一种犯罪。他的性道德观念大概还停留在中学四年级的水平。

"这个世界上有很多托比这样的人，通常都过得不错。人们认为他们是可信赖的坚石，是社会的楷模。但是真正遇到危机的时候，他们就露馅了：没有任何想象力和勇气的大男孩轻易地崩溃了。如果你想找人一起打高尔夫球，或者喝一杯，托比是最佳人选。但是我想他并不是最佳的丈夫，尤其是对于……算了，就这样吧。"

"我想知道……"本舅舅欲言又止。

"什么事？"

"我感到奇怪。那天下午莫瑞斯散步回来的时候，显得非常不安，浑身颤抖，然后他和托比谈过话。他没有向托比提到过阿特伍德，对吗？"

"没有，"贾尼丝回答说，"我也想过这个问题。正因为父亲和托比谈过话，我曾经猜测父亲发现了托比的某些秘密，你们明白吗？在我们了解了所有的真相之后，我去问过托比。父亲当时说：'儿子，我今天见到了某个人。'很显然父亲指的是阿特伍德，'晚一点儿的时候，我要跟你谈一谈。'托比被吓坏了，还以为是布玉·拉图尔真的开始给他找麻烦了。他气得发疯，决定当天晚上就去调换项链。"

贾尼丝不安地扭动着脖子。她又突然补充说：

"妈妈现在在那边，"她朝街对面的别墅点了点头，"在安慰托比。她认为托比受到了不公平的对待，我猜测所有的母亲都是这个样子。"

"啊！"本舅舅意味深长地说。

贾尼丝从椅子里站了起来。

"伊芙，"她异常激动地喊道，"我几乎和托比一样卑劣。我感到很抱歉。请相信我！我为所有的事情向你致歉！"

她还想再说什么，但是又放弃了。她跑过了花园，顺着小路绕过别墅，消失了。

本舅舅也缓缓地站了起来。

"别走！"伊芙说，"别……"

本舅舅没有理会伊芙的话。他正在深思熟虑。

"我并不适合……"他嘟囔着，"抱歉，我是说，并不适合留下来。要是你能明白我的意思就好了。你和托比，不合适。"

他感到极为窘迫，转身要走开，但是又转过头道："这个星期我为你做了一个船模，"他补充说，"我想你会喜欢的。等上好了油漆我就送过来。再见。"

说完之后他就蹒跚地走开了。

当他走了之后，伊芙·尼尔和德尔摩特·肯霍斯医生静静地坐了很久。他们都没有抬眼看对方。

最后是伊芙说话了："你昨天说的事情是真的吗？"

"什么事情？"

"你明天要回伦敦？"

"是的。我早晚要回去。现在的问题是，你以后怎么办？"

"我不知道。德尔摩特，我想……"

他打断了她："好了，听着，用不着再说什么感谢的话……"

"嗨，用不着这么大的火气！"

"我并不是脾气大。我只是想把你脑袋里的感激之情都赶走。"

"为什么？你为什么为我做了这一切？"

德尔摩特拿起了马里兰香烟的烟盒。他递给她一支烟，但是她摇了摇头。于是他自己点上了一支烟。

"这个把戏其实很简单，"他说，"你自己也很清楚。等哪一天你恢复平静之后，我们再来看这件事情。我现在要问的是，接下来的这一段时间你要做什么？"

伊芙耸了一下肩膀。

"我不知道。我有可能会收拾行装，到尼斯或者戛纳去住一段时间……"

"你不能那么做。"

"为什么？"

"因为那不可行。我们的朋友顾荣先生对你的判断非常正确。"

"哦？他怎么评价我了？"

"他说你是一个公共威胁，没有人会知道你下一次会陷入什么样的麻烦。如果你去了地中海一带，你会遇到一些别有用心的男人，会以为自己爱上了某个人，然后……麻烦就来了。不行，你最好回到英格兰。在那里你或许仍然有危险，不过感谢上帝，至少能有一双眼睛照看着你。"

伊芙沉思了片刻。

"说实话，我也曾经考虑过回英格兰。"她抬起了眼睛，"告诉我，你认为我在为奈德·阿特伍德伤心欲绝吗？"

德尔摩特从嘴唇边拿开了香烟。他眯起眼睛，盯着伊芙看了很久，然后用拳头捶了一下椅子的扶手。

"那完全是心理学的范畴，"他说，"如果你愿意的话，你完全可以看穿表面现象，把握住实质。"

"那么你呢？"

"我并没有亲手杀死那个人——'汝不应杀人，亦不应有杀念，当奋力求生。'[1]——却有促人自寻死路的罪过。如果不是因为我的干预，他应该会被治愈，然后再被送上断头台。不过我

1.英国十九世纪诗人亚瑟·休·克拉夫的诗句。

当时没有考虑这方面的问题。"

德尔摩特的脸色阴沉了下来。

"托比·罗斯，"他继续说，"在你心中从来就没有什么地位。你很孤单，这里的生活让你感到厌倦，你希望找个人依靠。你不能再犯这样的错误了，我也不允许你这么做。如果一桩谋杀案还无法阻止你，就必须用别的办法。可是阿特伍德……也许……也许在你心中的地位不一样。"

"他不同吗？"

"那个家伙真的爱过你，不过是用他自己的方式。当他谈论自己的想法时，我怀疑他是在演戏。他不会因为感情而放弃利用你捏造一个不在场证明……"

"他不会的，我已经注意到了。"

"但是这并不能改变他的感情。我担心的是，这是否改变了你的感情。这个世界上有不少阿特伍德，从各方面来说都太危险了。"

伊芙一动不动地坐着。她的眼睛湿润了，在昏暗的花园里闪闪发亮。

"我不介意你替我们两个人拿主意。"她说，"实际上，我愿意这样。我唯一不愿意的是你顾虑罗斯家的人会怎么想。你能到我身边来吗？"

※

拉邦德莱特的警察局长阿瑞斯泰德·顾荣先生晃动着矮胖

的身子，走进了昂志街，步伐像帝王一样威严。他昂首挺胸，晃动着他的白藤手杖，感到万事如意。

他听说那位博学的肯霍斯医生正在尼尔太太的后花园里喝茶。他，阿瑞斯泰德·顾荣，有权向他们两人宣布莫瑞斯·罗斯遇害案已经圆满地结案了。

顾荣先生笑容可掬地扫视着昂志街。办理这个案子给拉邦德莱特警察局带来了荣誉。记者，尤其是摄影师，蜂拥而至，甚至有人从巴黎赶来。肯霍斯医生拒绝在相关报道中提到自己的名字，更不愿意被拍到，这让顾荣先生有些疑惑。不过既然必须有人接受荣誉……那么，总不能让公众失望。

实际上，顾荣先生应当消除原先对肯霍斯医生抱有的疑虑。这位医生是一台思考机器，绝对理性的机器。他是个了不起的人，他的生活目标就是解开那些谜团，这是他的唯一乐趣——正如他亲口告诉顾荣先生的那样。他能剖析别人的思维——就像拆开一个钟表，而他本身就是一台精密的钟表。

顾荣先生推开了米哈玛别墅的铁门。左侧有一条小路直通后花园，他沿着走了过去。

这个世界上至少还有一些英国人不像托比·罗斯先生那样伪善，这让警察局长感到了一丝欣慰。他开始理解英国人了。实际上……

顾荣先生用手杖扫过草地，得意洋洋地走进了后花园。黄昏的光线越来越暗淡，栗子树之间是一片寂静。他正在心里默念着他打算发表的演讲，却突然看到了面前的两个人影。

顾荣先生猛地停了下来。

他的眼睛几乎要从眼眶里掉出来。

他在那里愣愣地站了片刻。他是一个很体贴的人，一个很有礼貌的人，也愿意看到其他人享受愉快的时光。于是他转过身，退了出去。不过他同时也是一个讲究公平的人，希望得到公平的对待。当他再次踏上昂志街的时候，他沮丧地摇着头，大步走着，步伐比刚才来的时候快得多。他在轻声地嘀咕，旁人根本听不清楚，但是"男宽女爱"[1]这个词飘了出来，在夜空中逐渐消逝。

---

1. 此处是在挖苦顾荣先生的蹩脚英语，正确写法应为"男欢女爱"。

京权图字：01-2022-0539

THE EMPEROR'S SNUFF-BOX © John Dickson Carr, 1942

图书在版编目（CIP）数据

皇帝的鼻烟盒／（美）约翰·迪克森·卡尔（John Dickson Carr）著；
王小牛译．－－北京：外语教学与研究出版社，2022.7（2022.11 重印）
书名原文：The Emperor's Snuff-Box
ISBN 978-7-5213-3639-9

Ⅰ．①皇… Ⅱ．①约… ②王… Ⅲ．①推理小说－美国－现代
Ⅳ．①I712.45

中国版本图书馆 CIP 数据核字（2022）第 104292 号

出 版 人　王　芳
项目策划　张　颖
项目编辑　赵　奂
责任编辑　徐晓雨
责任校对　何碧云
装帧设计　人马艺术设计·储平
出版发行　外语教学与研究出版社
社　　址　北京市西三环北路 19 号（100089）
网　　址　http://www.fltrp.com
印　　刷　三河市北燕印装有限公司
开　　本　889×1194　1/32
印　　张　8
版　　次　2022 年 8 月第 1 版 2022 年 11 月第 2 次印刷
书　　号　ISBN 978-7-5213-3639-9
定　　价　52.00 元

购书咨询：（010）88819926　电子邮箱：club@fltrp.com
外研书店：https://waiyants.tmall.com
凡印刷、装订质量问题，请联系我社印制部
联系电话：（010）61207896　电子邮箱：zhijian@fltrp.com
凡侵权、盗版书籍线索，请联系我社法律事务部
举报电话：（010）88817519　电子邮箱：banquan@fltrp.com
物料号：336390001

记载人类文明
沟通世界文化
www.fltrp.com